DEUXIÈME ÉDITION

I0660290

PARIS QUI S'EFFACE

PAR Ch. VIRMAÎTRE

PARIS

NOUVELLE LIBRAIRIE PARISIENNE

ALBERT SAVINE, ÉDITEUR

18, RUE DROUOT, 18

—

1887

PARIS
QUI S'EFFACE

OUVRAGES DU MÊME AUTEUR

Les Curiosités de Paris.
Les Virtuoses du trottoir.
Les Curiosités de Paris.
Les Jeux et les Joueurs.
Les Sauterelles rouges.
Les Mémoires secrets de Tropmann.
La Commune de Paris en 1871.
Paris-Oublié
Paris-Police

————

POUR PARAITRE PROCHAINEMENT

Paris-Voleur
Paris-Journal
Mademoiselle la Revanche

————

EN COLLABORATION AVEC M. ÉLIE FRÉBAULT

Les Maisons comiques.
Ces Dames du grand monde.

————

Imprimerie ÉMILE COLIN, à Saint-Germain

CHARLES VIRMAITRE

—

PARIS
qui s'efface

PARIS
NOUVELLE LIBRAIRIE PARISIENNE
ALBERT SAVINE, ÉDITEUR
18, RUE DROUOT, 18

—

1887

A

Monsieur Édouard HERVÉ

DE L'ACADÉMIE FRANÇAISE.

————

Ce livre, Monsieur et cher Maître, n'a rien d'Académique ; néanmoins, permettez-moi de vous prier d'en accepter l'hommage comme expression de ma reconnaissance. Fidèle historien de la rue, j'ai dû, pour rester dans la vérité, peindre et faire parler mes personnages comme ils étaient. C'est mon excuse pour certaines trivialités qui pourraient choquer mes lecteurs.

CH. VIRMAITRE.

I

Rabelais et les Badauds. — Les Gobeurs. — De Mayer. —
L'homme au bonnet de coton. — Où peut-on être mieux
qu'au sein de sa famille. — L'homme-canon. — Rouy,
dit le Petit-Louis. — N'en jetez plus, la cour est pleine.
— Le père Rousseau. — Allons-y en chœur. — Emile
Farde. — La tour Saint-Jacques-la-Boucherie. — La
complainte du duc d'Orléans. — Emile Tellé, le ténor du
trottoir. — Les deux Grecs. — Baumester. — Un chanteur de 1812. — Hubert d'Angers. — Le marquis. — Le
père Bonne-Humeur. — Julien, l'homme-protée. — Sophie
Brûle-Gueule. — Le père Gargouillot. — Le mangeur de
feu. — Une poule qui pond dans un sac.

PARIS QUI S'EFFACE

I

Rabelais dit quelque part : — « Le peuple de Paris est tant sot, tant *badaud* et tant inepte de nature qu'ung bateleur, un porteur de rogatons, un mulet avec ses cymbales, un vielleux au milieu d'un carrefour, ameutera plus de gens que ne le feroit un prédicateur catholique. »

Cette épithète de *Badaud de Paris* remonte à la fondation même de la ville de *Parisii* ; on s'en servait pour désigner les Parisiens, comme on disait encore au siècle dernier : les peintres d'Avignon, les drapiers de Sedan, les vinaigriers d'Orléans, les faïenciers de Nevers, les porcelainiers de Vierzon, etc., etc., sans qu'il y eût à l'origine, dans cette appellation, aucune intention injurieuse, mais ce mot même de *Badaud* prête à la controverse et à l'élasticité proverbiale de la science étymologique.

L'un le tire du latin *Badaldus* (?) dans le sens de *stupidus*, l'autre du latin *Bardus* dans le même sens, celui-ci de l'italien *Badare*, regarder ; celui-là du vieux français *Bader* qui ne subsiste plus que dans son diminutif *Badiner ;* un cinquième fait descendre les *Badauds* de *Bagaudes ;* un sixième enfin, fameux par l'audace naïve de ses étymologies, Huet, tire tout simplement *Badaud* de *Bedeau!*

Badaud vient, croyons-nous, de *Badawe* qui, en celtique, signifie : batelier, matelot, les *badauds de Paris* signifiait à l'origine les *bateliers de Paris* comme le mot *Parisii.*

Badaud n'est donc point synonyme de bêtise, cela signifie tout au plus *gober*, or, *gober* c'est croire peut-être un peu légèrement tout ce que l'on vous raconte.

Nous sommes tous *gobeurs* plus ou moins : l'ouvrier qui perd son temps pour aller écouter les inepties des orateurs des réunions publiques, la jeune fille qui croit aux serments d'amour éternel, le cocu qui jure que sa femme est vertueuse, l'abonné qui affirme que son journal n'a jamais menti, les électeurs qui ont foi dans les promesses de leurs candidats qui promettent tant de beurre qu'on ne voit plus le pain ; peut-on blâmer toutes ces catégories de *gobeurs ?*

Assurément non! car si l'on ne *gobait* pas, ce serait à dégoûter de l'humanité, dont la moitié passe son temps à se moquer de l'autre et à essayer de la duper.

Au moins celui qui *gobe* sur la place publique s'amuse et ne se désillusionne pas, et il apprend parfois davantage à écouter un bon boniment assaisonné de gros sel qu'à lire de gros bouquins indigestes ou qu'à se passionner pour tel ou tel homme politique qui se moque de lui; quant à moi, j'ai tant vu de saltimbanques en journalisme, en littérature, en politique depuis 1870, que je leur préfère le saltimbanque de la rue, au moins celui-là me fait rire.

Parmi ceux qui avaient le don d'égayer la foule, *de Mayer*, *l'homme au bonnet de coton*, vient en première ligne.

Tout Paris se souvient d'avoir vu circuler dans les rues, de 1860 à juillet 1884, un grand garçon imberbe, sec, à figure anguleuse, dont la large bouche riait sans cesse, il tenait sous son bras gauche un mauvais violon et de la main droite une clarinette.

Une légende s'était créée autour de lui; suivant les uns, c'était un ancien chef de musique des voltigeurs de la garde impériale, qui avait été renvoyé parce qu'un jour l'empereur Napoléon III devant visiter le Jardin-des-Plantes en compagnie de sa femme et de son fils, il avait été commandé pour faire de la musique avec ses musiciens; la famille impé-

riale était arrêtée devant la cage aux singes, alors
de Mayer avait fait jouer : *Où peut-on être mieux
qu'au sein de sa famille ?* Suivant d'autres, c'était un
grand prix du Conservatoire qui, le soir, occupait à
l'Opéra l'emploi de chef de pupitre ; chacun soutenait
ses idées et parfois des discussions fort drôles avaient
lieu entre ses auditeurs partagés en deux camps.

De Mayer, d'origine belge, était un ancien ouvrier
qui, forcé de gagner sa vie, s'était imaginé, pendant
une période de chômage, de jouer de la clarinette.

Il parvint peu à peu, à force d'écouter, car il avait
un sens musical extraordinaire et l'oreille des plus
subtiles, à retenir les principaux morceaux des opéras
de nos grands maîtres ; en 1864, il jouait dans les
cours, mais de préférence au passage du Waux-Hall,
devant le numéro 6, où se trouvait le café Vigneron,
dit *l'homme-canon*. Beaucoup d'Anglais venaient
prendre des leçons de Vigneron qui était en grande
réputation alors, leur grande joie était de prier Rouy
dit le *Petit-Louis*, le prévôt de Vigneron, de faire
entrer de Mayer dans la salle et de le faire jouer et
boire.

De Mayer, dans les cours, avant de jouer, ôtait sa
casquette et se coiffait d'un immense bonnet de coton,
il attaquait crânement l'ouverture de *Guillaume Tell*
ou celle de *Faust*, puis, quand il avait fini, il tendait
son bonnet de coton à la foule, en disant :

— Je vais dire une prière avec un litre à douze et

comme j'ai mal à l'estomac, si vous êtes gentils, j'en prendrai un à seize !

C'est de lui l'expression qui a fait son chemin depuis. Quand les sous pleuvaient par les fenêtres, il criait :

— N'en jetez plus, la cour est pleine !

La quête terminée, il prenait son violon, il enveloppait le manche avec son bonnet de coton et commençait un air quelconque ; aussitôt deux cordes se démanchaient, il simulait l'homme désolé ; alors, semblant prendre son parti en brave, il continuait, cette fois c'était au tour de l'archet, les crins se détachaient du bois, il prenait un manche de couteau, un plumeau et jouait de plus belle comme si le violon avait été au complet ; à ce moment l'enthousiasme de ses audieurs ne connaissait plus de bornes ; la séance levée, il jouait en s'en allant : *Partant pour la Syrie*, la foule lui faisait cortège ; il n'allait pas si loin qu'en Syrie, il s'arrêtait chez le marchand de vin le plus proche où il vidait sans sourciller une petite chopine ; cette opération, tant chez lui l'habitude de boire du vin était grande, se répétait un grand nombre de fois dans la journée sans qu'il y parût.

Parfois *l'homme au bonnet de coton* disparaissait de Paris des semaines entières, il allait à Nice joner sur les placces publiques, y faisait des recettes fructueuses.

Un jour *la Lyre* du XIe arrondissement donna

un concert, il fut invité, mais à la grande surprise de
tous, c'est à peine si de Mayer, qui émerveillait les
musiciens quand il jouait seul, put tenir l'emploi
d'une quatrième clarinette.

Il ne connaissait pas une note de musique, que devenait la légende?

L'homme au bonnet de coton mourut en juillet 1884.

. . . .

Parmi les chansonniers de la rue, pendant de longues années on vit le père et la mère *Rousseau*, place
du Château-d'Eau et de la Bastille, ils se tenaient
tous deux sous un immense parapluie en calicot
rouge.

Rousseau, toujours vêtu d'une redingote de couleur indécise, un mauvais foulard roulé en corde autour du cou, un pantalon dont l'étoffe primitive disparaissait sous une multitude de pièces de différentes
couleurs, enfin, pour compléter l'ensemble, il était
coiffé d'un chapeau haut de forme, chauve à force
d'avoir été brossé et rouge d'avoir reçu la pluie.

Il arrivait le premier sur la place, il ouvrait son
parapluie, le fichait en terre et attendait la venue de
la mère Rousseau.

La mère Rousseau était vêtue d'un caraco couleur
saumon à moitié déteint, d'un jupon violet trop court,
des bas de laine blancs tricotés aux jambes et chaussée de souliers napolitains garnis d'énormes clous à
tête de diamant ; autour de son corps était noué, par

derrière, un lambeau de châle tartan de couleur écossaise, son tablier était retroussé et laissait voir une vaste et solide poche, c'était son coffre-fort, elle était coiffée en toute saison d'un madras jaune et rouge, coiffure que les portières d'autrefois nommaient une *marmotte*, ce madras retenait à grand'peine une forêt de cheveux blancs comme la neige à qui le peigne et la pommade étaient inconnus.

Ils avaient un public spécial qui les estimait beaucoup, car, malgré leur pauvreté, ils étaient d'une grande fierté.

— Nous travaillons, disait orgueilleusement le père Rousseau, nous ne demandons pas !

Leurs chansons favorites étaient de Landrevin. Le père Rousseau entamait le couplet, sa femme reprenait au refrain en disant à ses auditeurs :

— Allons, mes enfants, allons-y en chœur !

Il me souvient de ce couplet :

> Vivre sans chagrin
> C'est ma méthode,
> Elle est commode ;
> Vivre sans chagrin
> C'est le moyen
> D'avoir du bien.

Le père Rousseau était inimitable lorsqu'il chantait d'une voix lamentable et chevrotante la complainte de *Latude* :

1.

Chargé de fer dans une triste solitude,
Pendant sept lustres ainsi vécut le malheureux Latude ;
Par ses travaux
Et son génie, oui, par tout l'univers
De son courage,
Oui, je le gà-à-ge
Malgré ses fers
Etre étonné
Etre étonné
Malgré ses fers
De son courà-à-âge.

Ces deux célébrités de la rue disparurent en 1859.

. . . .

Émile Farde se tenait place Montparnasse, au marché aux fleurs, dans l'antique Cité, mais principalement à la place Saint-Jacques-la-Boucherie.

Cette place, dont bien peu se souviennent aujourd'hui, était au pied de la tour Saint-Jacques, exactement à la place où se trouve le square.

La tour Saint-Jacques faisait partie de l'antique église Saint-Jacques-la-Boucherie ; la tour, commencée en 1508, fut terminée en 1522, elle renfermait un carillon composé de douze grosses cloches , ce carillon fut longtemps célèbre à Paris ; à l'origine, aux quatre angles du sommet de la tour figuraient les statues ailées des quatre animaux mystiques de l'Apocalypse et, beaucoup plus haut, une statue colossale de Saint-Jacques le Majeur.

Sous Charles VI, le roi avait, sur les réclamations

du peuple, aboli *la perception du douzième denier des vivres*, le duc d'Anjou rétablit cette perception; quand les gens des aides se présentèrent aux halles ils s'adressèrent tout d'abord à une vieille marchande de cresson nommée Perrotte la Morelle, elle refusa de payer et appela au secours, les marchands se jetèrent sur un *unposteur* et le tuèrent sans pitié. Aussitôt l'émeute éclata, des marchands se mirent en *franchise* dans l'église Saint-Jacques-la-Boucherie, ils furent assassinés par les soldats devant l'autel de la Vierge.

En 1793, l'église Saint-Jacques-la-Boucherie fut supprimée et devint propriété publique, alors le comité révolutionnaire de la rue des Lombards y installa ses séances; l'église fut vendue à un entrepreneur de bâtiment, mais une clause spéciale réservait la tour. L'église fut démolie au commencement de ce siècle et des maisons s'élevèrent sur son emplacement.

Autour de la tour s'établit un marché de fripiers et de cordonniers en vieux, un temple au petit pied, les auvents qui abritaient les marchands formaient une ceinture à la tour; impossible de rien imaginer de plus pittoresque.

La tour fut louée à un M. Dubois qui fabriquait du plomb de chasse, il y avait une légende à ce sujet: les bonnes femmes prétendaient que les ouvriers, montés au faîte de la tour, versaient dans l'espace des marmites de plomb bouillant, et qu'arrivé à terre ce plomb refroidi était transformé en plomb prêt à être livré au commerce; aujourd'hui, grand nombre de gens affirment encore que le plomb de chasse se fabrique de cette manière, la marque est d'ailleurs restée célèbre.

Les étages inférieurs de la tour furent loués à des petits ménages.

Lorsqu'on pénétrait, par la rue des Arcis, dans le marché, le visiteur était saisi par un sentiment indéfinissable; le géant de pierre, noirci par l'action du temps, dont la cime se perdait dans la nue, profilait son ombre sur la foule qui grouillait à ses pieds; une âcre odeur de cuir le prenait à la gorge; de tous côtés des geais et des pies caquetaient accompagnant de leurs cris le cordonnier qui battait la semelle. Les filles de boutiques des fripiers appelaient les passants en vantant leur marchandise; elles les tiraillaient : — Par ici, monsieur, j'ai un bon paletot qui sort de chez Ulmann, le tailleur des princes ; entrez donc, vous serez content. Le pauvre diable ahuri, ne sachant à qui répondre, se sauvait en bousculant les ménagères, qui ne se faisaient pas faute de l'injurier. C'était un coin unique dans Paris.

Le 27 avril 1836, le conseil général de la Seine, sur la proposition d'Arago, décida le rachat de la tour pour la somme de 250,000 francs.

Le marché disparut lors du percement de la rue de Rivoli ; en même temps furent supprimées les rues des Écrivains, du Petit-Crucifix, Marivaux et Saint-Jacques-la-Boucherie.

La place de la tour Saint-Jacques-la-Boucherie était une des meilleures de Paris pour les chanteurs ambulants. Émile Farde y était choyé. Peintre de mérite et guitariste distingué, il chantait avec une belle voix de baryton les chansons guerrières mises à la mode par les chansonniers de 1830.

Au moment du mariage du duc d'Orléans, fils aîné du roi Louis-Philippe, avec la princesse Hélène, Farde chantait une complainte populaire qui célébrait les louanges du duc. Cette complainte fit fureur ; en voici un couplet :

> O! belle France
> Tes vœux sont accomplis,
> Et ta clémence
> Va rallier les partis.
> Chantons tous l'alliance
> Du premier fils de France
> Et les bienfaits
> Du père des Français.

Farde mourut pauvre et absolument oublié en 1853.

. . . .

Farde avait un concurrent redoutable : *Émile Tellé*, dit le *Ténor du trottoir* ; entre eux, chaque jour, c'était une lutte acharnée pour avoir la meilleure place, car ils avaient adopté les mêmes endroits. Leur

genre pourtant était différent : Tellé chantait le
répertoire de Frédéric Bérat, de Loïsa Puget et de
Gustave Lemoine ; son succès était considérable
lorsqu'il soupirait : *Beau papillon aux ailes d'or*, ou
bien : *Beau gondolier, pourquoi pleurer encore ?* Plus
d'une petite ouvrière oubliait le chemin de l'atelier
en écoutant Tellé. Il disparut en 1851.

. . . .

Hubert d'Angers, qui chantait place Baudoyer,
composait ses chansons ; il avait adopté le genre
patriotique ; avant de commencer, il disait gravement
à ses auditeurs :

> En dépit des jaloux, des sots et des méchants,
> Le peuple avec plaisir vient entendre mes chants.

Hubert disparut en 1860.

. . . .

Le *Marquis* dédaignait la place publique, il préférait courir les rues. Il avait ses cours attitrées et une
clientèle spéciale.

Grand, mince, élancé, toujours correctement vêtu
de noir, il avait été surnommé le *Marquis* par ses collègues, que lui, appelait dédaigneusement des saltimbanques. Il était tombé comme un aérolithe au milieu
des nombreux chanteurs de l'époque sans que personne pût dire d'où il venait. Ses manières de gentilhomme créèrent autour de lui une légende ; pour les

uns c'était un original, pour les autres un grand seigneur ruiné ; il entretenait le mystère qui l'entourait
par un mutisme obstiné.

Le *Marquis* était unique en son genre. Doué d'une
jolie voix, quand il arrivait dans une cour, il entamait
le premier couplet de sa chanson ; alors toutes les
fenêtres s'ouvraient et une foule de têtes apparais-
saient. Il regardait de tous côtés, puis, gravement, il
tirait une poignée de gros sous de sa poche ; il avait
une quantité de petits papiers blancs découpés en
carrés, il enveloppait un gros sou dans chacun d'eux
et en lançait un, du premier au sixième étage, à
chaque fenêtre, sans jamais manquer son coup. Il
commençait alors son second couplet ; il va sans dire
qu'on lui rejetait ses sous, accompagnés de plusieurs
autres. Sa chanson terminée, il ramassait sa recette
et s'en allait majestueusement, après avoir salué, en
pirouettant sur ses talons.

Le *Marquis* disparut en 1853, comme il était venu ;
personne ne sut jamais qui il était, où il logeait, mais
ceux qui se souviennent de lui affirment que c'était un
prince polonais.

Le *Marquis* avait un concurrent : le *père Bonne
humeur*, ou l'homme aux deux costumes. Quand
il était gai, il revêtait un costume complètement rose
et chantait la gaudriole, du Désaugiers ; quand il était
triste, il prenait des allures de croque-mort, s'habillait
tout en noir et pleurait ses chansons. C'était un vaga-

bond ; il errait dans les rues le jour et la nuit ; parfois il disparaissait des semaines entières ; quand on le
questionnait, il répondait qu'il venait de visiter ses
fermiers !

Comme le *Marquis*, le *père Bonne humeur* abandonna la rue en 1854, et son existence resta un
mystère.

Le doyen des chanteurs de la rue est *Beaumester*,
le fils du *P'tit Homère*. Né en 1808, à Paris, il chantait à la place du Vieux-Temple, habillé en marquis
Louis XV, en 1812, à l'âge de quatre ans.

Plus tard il chanta avec le père *Godens* ; celui-ci
jouait du violon. Comme ils étaient tous deux coiffés
de calottes grecques, les gamins de l'époque les
avaient surnommés : *les deux Grecs !*

Beaumester a chanté sur toutes les places de Paris :
la meilleure pour lui était la *Galliotte,* place qui se
trouvait devant le Cirque d'hiver. A cette époque
(1848) la place était occupée par un poste, une maison de bains et des balançoires dites bascules ; le
chanteur-auteur *Letellier* y amusa plusieurs générations.

Beaumester a composé des centaines de chansons
qu'il chante et chantera jusqu'au dernier jour sur les
places publiques.

. . . .

Julien, l'*homme-protée,* était un type unique ; il avait
devancé de quarante ans les Plessis, les Derasme et

autres transformateurs qui ne sont que ses imitateurs.

Dès son début, il courait les fêtes publiques ; son personnel se composait d'un pitre qu'il appelait *Nigaudinos ;* deux Allemands, habillés en lanciers polonais, l'un jouant de la clarinette, l'autre de l'ophicléide, formaient l'orchestre.

Il avait alors une grande baraque qu'il nommait pompeusement *mon théâtre.*

Julien était toujours correctement vêtu de noir, habit, pantalon à sous-pieds, gilet de soirée, 'cravaté de blanc et frais ganté. Il avait les cheveux coupés de façon à en faire toutes les perruques nécessaires à ses transformations.

Julien était un ancien étudiant en droit, issu d'une bonne et riche famille de bourgeois de province. Il avait été envoyé à Paris par ses parents pour faire ses études ; au moment de passer ses derniers examens, il fit la connaissance d'une fille du quartier latin, horriblement laide, à tel point qu'elle avait été surnommée, par les habitués de la grande chaumière : *Sophie Brûle-Gueule.* Il se mit en ménage avec elle et oublia le chemin de l'école ; sa famille, avertie, lui retira sa pension ; alors, réduit à la misère, il se fit saltimbanque.

A ce métier il gagna une grosse fortune.

Julien était très beau garçon ; malgré cela, *Sophie-Brûle-Gueule* prit des amants. Sa laideur l'empêchait

d'être aimée « pour elle-même », elle les paya grasse-
ment ; de plus elle se mit à boire ; lorsqu'elle était
ivre, elle battait le pauvre Julien et lui faisait des
scènes épouvantables. Sa fortune, amassée si pénible-
ment, fut bientôt dévorée ; de misère en misère,
vers 1852, on retrouve l'*homme-protée* vendant du
poil à gratter et des calembours, place de la Bastille,
à l'endroit où se trouvent aujourd'hui les magasins des
Phares.

Il était toujours vêtu d'un costume de soirée, mais
quel costume ! des guenilles ; les bottes vernies
étaient remplacées par des chaussons de lisière
buvant l'eau du ruisseau par de larges crevasses.

Julien mourut en 1859 dans la plus profonde
misère.

L'inséparable de Julien était le père *Gargouillot*, le
doyen des marchands de poil à gratter, mais quel
contraste ! La tête couverte d'un serre-tête en per-
caline noire, il était vêtu d'un complet en toile à
matelas.

Gargouillot avait un sac en toile grise attaché devant lui : les gamins l'appelaient le *sac à malice*. Il y
introduisait une malheureuse poule étique, déplumée.
— Vous allez voir, disait-il à ses auditeurs, elle va
pondre, *alle* va pondre ! Quand ses spectateurs se faisaient tirer l'oreille pour *arroser* le tapis, il s'écriait :
— Vos sous c'est pas comme ma poule, y pondent
pas !

Le père Gargouillot tirait également la bonne aventure. Tout naturellement, pour attirer la foule, il faisait une *posliche*, mais auparavant il commençait par se bourrer la bouche de filasse et disait : —Vous allez voir comment on se nourrit avec du feu ! Au même instant il levait la tête, on voyait d'abord sortir de sa bouche une épaisse fumée, puis de véritables flammes, le tout s'évanouissait presque aussitôt ; alors il se léchait les doigts et ajoutait : — Voilà pourquoi je suis si gras. Tout le monde riait, car Gargouillot était maigre comme un clou.

Ensuite il annonçait son poil à gratter. A peine avait-il parlé qu'il jetait un cri : — Ah ! saperlotte, j'étouffe ! j'étouffe ! C'est une fausse digestion ! Alors il retirait de sa bouche une dizaine de mètres de rubans ; il poussait un soupir de soulagement et s'écriait joyeux : — Ah ! maintenant ça va mieux ! et il faisait son boniment.

Gargouillot mourut en 1858.

I I

II

La Perdrix aux choux était un restaurant tenu par
M. Ronse, à la place où se trouve aujourd'hui le
restaurant Edouard, place Boïeldieu, en face l'entrée
principale de l'Opéra-Comique; ce restaurant avait
été surnommé par ses habitués *la Perdrix aux choux*,
à cause de la rare perfection avec laquelle Ronse la
préparait.

Un jour Latour Saint-Ybars trouvant ce nom trop
prosaïque proposa de le changer en celui de *la Perdrix
amoureuse*, ce qui fut accepté par tous.

A *la Perdrix amoureuse* se rencontraient : Jules
Noriac, Henry Murger, Henry Monnier, Pierre
Dupont, le poète Gustave Mathieu, Charles Mon-

selet, Meissonier, Guichardet, Chenavard, Théodore
de Banville, Latour Saint-Ybars, Ponsard, Alfred
Quidant, Fontalar, les frères Bertrand (les fils du
général) et enfin Calino qui devint si célèbre depuis.

Le type de Calino n'est pas une invention de journaliste à court de copie, il a existé réellement.

Calino était employé chez un marchand de curiosités et de tableaux du boulevard des Italiens. Fontalar flânait souvent dans ce magasin, ce fut lui qui
découvrit Calino.

Le marchand avait une canne Louis XIV qu'il prétendait avoir appartenu au Grand Roi, parce que sur
la pomme il y avait une miniature représentant la
célèbre Madame de Maintenon; un amateur qui avait
remarqué cette canne dans la vitrine entra un soir
pour l'acheter; Fontalar était là, le marchand la chercha vainement dans tous les coins et recoins de son
capharnaüm, impossible de la trouver, on peut juger
d'ici la fureur du juif : manquer une affaire, c'était à
en mourir; l'acheteur s'en alla; quelques instants
plus tard, Calino entrait en se dandinant, il avait à la
main la fameuse canne, le marchand la lui arracha, il
s'aperçut aussitôt qu'elle avait été raccourcie d'au
moins trente centimètres, mais sa fureur ne connut
plus de bornes lorsqu'il vit que la pomme manquait.

— Qu'as-tu fait, misérable ? dit-il à Calino, tu as
coupé ma canne.

— Oui ! répondit l'imbécile, elle était trop longue.

— Alors, il fallait la couper par le bas.

— Ah ! non, c'est d'en haut qu'elle me gênait.

Fontalar conta l'anecdote à Noriac, qui la raconta à son tour, et chaque jour on mit sur le compte de Calino toutes les histoires et toutes les niaiseries que chacun inventait ; le premier *Nain Jaune* les répandit dans la presse.

Comme bêtise Calino était pourtant assez riche, point n'était besoin de lui en prêter.

Il avait loué une maison entière à Joinville ; au rez-de-chaussée, il avait établi sa femme marchande de bouillon ; le jour de l'ouverture, il se promenait devant la porte et répétait constamment, chaque fois qu'il voyait un passant : bon bouillon ! bon bouillon ! il faut que j'entre en prendre un, il entrait. Il fit, dans la journée, cinquante fois le même manège, le soir il se frottait les mains en constatant que la marmite était vidée. Fais la caisse, dit-il à sa femme...... elle avait juste vendu cinquante bouillons, ceux que Calino avait consommés. Tu vois, dit-il à sa femme en se frottant les mains en signe de satisfaction, nous ferons des affaires !

Dans les combles de cette maison, il y avait une mansarde à laquelle on arrivait au moyen d'une échelle de maçon. Calino fit confectionner une grande pancarte, sur laquelle on lisait : appartement à louer, fraîchement décoré, et fit accrocher la pancarte à la porte d'entrée.

2

Un jour un locataire se présenta. Combien louez-vous votre appartement ? dit-il à Calino.

— Soixante francs par an, c'est pour rien, répondit-il.

— Peut-on le visiter ?

— Assurément.

Calino, enchanté, précéda son locataire futur et lui montra le local, ce ne fut pas long, trois mètres carrés environ.

Dans un coin, il y avait une auge pleine de plâtre, à côté un énorme tas de verres brisés, des culs de bouteille principalement ; en face, sur le mur, était accrochée une gigantesque latte de cuirassier.

— Je prends la chambre, dit le visiteur, mais je n'ai pas besoin de votre auge, de votre plâtre, de vos tessons et encore moins de votre sabre, il faudra m'enlever tout cela.

— Oh ! monsieur, dit Calino, vous avez tort, cela vous est indispensable si vous voulez dormir tranquille.

— Pourquoi donc ? dit le visiteur intrigué.

— Voyez-vous, répond Calino, la nuit, il y a des rats, aussitôt que vous les entendrez se promener, vous vous lèverez en toute hâte, sans faire de bruit, vous boucherez les trous avec les débris de verres, vous mettrez par-dessus une bonne poignée de plâtre, ils ne pourront plus rentrer, alors vous décrocherez le sabre et vous les tuerez.

Le locataire, ahuri, court encore.

Fontalar était un type des plus curieux, il avait les cheveux complètement noirs, et la barbe d'un blanc de neige ; un jour il témoigna à Noriac son étonnement de cette particularité. Ce n'est pas extraordinaire, lui répondit l'auteur du 101ᵐᵉ : ta tête n'a jamais travaillé et ta gueule marche toujours.

Fontalar n'aimait pas les gêneurs ; aussitôt qu'il apercevait une nouvelle figure s'installer à une table et se préparer à déjeuner ou à dîner, il ordonnait au garçon de dresser son couvert en face du nouveau venu ; dès le potage, il appelait le garçon, et, crachant avec un profond dégoût, il s'écriait :

— Je ne reviendrai plus ici, je viens de trouver une mouche à m.... dans mon assiette.

Ahurissement de l'étranger ; ce n'était que le prélude. Fontalar commandait un plat de poisson sauce Béchamel ; à peine servi il tirait de sa sauce un cheveu d'une effroyable longueur ; nouvel appel du garçon :

— Ah ! çà, sacré nom de Dieu, il y a donc un salon de coiffures dans la cuisine ?

Son pauvre voisin de table se sauvait sans demander son reste, en jurant qu'il ne reviendrait plus dans une pareille cassine.

Fontalar, qui était un peintre de mérite, mourut fou ; sa folie consistait à se croire le premier cuisinier du monde pour la préparation de la soupe aux choux.

Voici sa recette et comment il opérait :

Il habitait une chambre au sixième étage, le toit de la maison était plat, il y montait, retirait ses vêtements à l'exception de sa chemise, puis allumait un grand feu, alors il mettait dans la marmite, sans les éplucher, tous les légumes imaginables, un morceau de morue et des confitures; quand le tout était en ébullition, il remuait, avec un énorme pinceau enduit de siccatif.

Fontalar choisissait de préférence une nuit bien noire pour cette singulière cuisine, les passants s'attroupaient et regardaient avec terreur sa silhouette qui prenait des proportions fantastiques éclairée par les flammes.

L'Honneur et l'Argent, de Ponsard, venait d'être refusé au Théâtre-Français, l'Odéon l'avait accepté, mais la censure refusait impitoyablement l'autorisation de jouer la pièce. Ponsard avait été souvent le voisin de table d'un homme charmant que personne ne connaissait; c'était le secrétaire de M. de Morny. Ponsard, qui avait besoin d'exhaler son ennui, lui raconta son histoire. Confiez-moi le manuscrit de votre pièce, dit-il à Ponsard, peut-être pourrais-je vous être utile; il le lui confia.

Quelques jours plus tard, M. de Morny fit lever l'interdiction.

Ponsard ne fut pas reconnaissant pour le pauvre restaurateur, car, à partir du jour où sa pièce fut représentée, il cessa de venir à *la Perdrix amoureuse*.

L'été, Ronse plaçait devant sa maison quelques sièges et quelques tables; quelques amis y venaient consommer des glaces, Un soir le célèbre avocat Crémieux savourait placidement un *tutti frutti*, quand un homme d'environ quarante ans, mis avec une irréprochable distinction et fumant un havane délicieusement parfumé, s'assit à la table voisine de celle de Crémieux.

Le nouveau venu se commanda un sorbet ananas, demanda un journal et le parcourut machinalement, en jetant de temps à autre des regards distraits autour de lui. Tout à coup il poussa une exclamation de surprise et de joie, ses yeux venaient de s'arrêter sur son voisin.

— Pardonnez-moi, monsieur, dit-il, en mettant respectueusement le chapeau à la main, je ne me trompe pas, c'est bien à M. Crémieux que j'ai l'honneur de parler?

— Oui, monsieur, répondit l'illustre avocat en se découvrant aussi.

— Quel bonheur pour moi de vous rencontrer!

— Je suis touché... très sensible... mais...

— ... Voilà plus de dix ans que je demandais au ciel de me remettre en votre présence.

Et notre élégant d'entremêler ses protestations enthousiastes de chaleureuses poignées de mains, pendant que Crémieux cherchait vainement dans ses souvenirs le nom de son aimable interlocuteur.

2.

Enfin quand l'ancien membre du gouvernement
provisoire voulut régler sa consommation, son voisin
lui arrêta la main en s'écriant :

— Permettez-moi, monsieur... laissez-moi vous
offrir cette glace... ce sera pour moi honneur et
bonheur.

— Mais, monsieur, je ne saurais accepter...

— Vous me faites injure, maître, en me refusant
ce faible témoignage. . . . .

— Enfin, monsieur, demanda Crémieux, pendant
que son étrange voisin se débattait pour payer le
garçon qui attendait, me direz-vous à qui j'ai l'honneur de parler ?

— Quoi ! vous ne me reconnaissez pas ?

— Non ! babutia Crémieux un peu confus.

— Alfred Leroux, dit l'anguille déviandée.

— Ce nom et ce surnom ne me rappellent pas....

— Comment ! vous ne vous souvenez pas, cher
maître ?... L'affaire de la rue de la Femme-sans-Tête...
J'avais *refroidi* la *poniffe*..... Vous le saviez bien,
n'est-ce pas ? mais vous avez plaidé si admirablement
que j'en ai été quitte pour dix ans de *Pré*.

Crémieux s'enfuit épouvanté et ne revint jamais à
la Perdrix amoureuse.

Henri Monnier était le boute-en-train de la société.
Que d'esprit il dépensa, et comme il contait !

Un jour à Deauville, il aperçut sur la plage un
couple en rupture de comptoir; le monsieur, ventre

en avant, s'appuyait sur sa canne, ses lunettes s'appuyaient sur son nez, et son nez s'appuyait sur son menton.

Sa dame, le col de travers, se carrait dans une robe à ramages couleur cuisse de nymphe émue, la tête coiffée d'un immense chapeau orné d'un gigantesque oiseau de paradis.

Tous deux contemplaient l'Océan.

— Une telle quantité d'eau, disait le mari, finit par devenir ridicule.

— Sans doute, grommela la femme, mais tu ne m'expliques pas ce mouvement continuel... les vagues... la marée...

Henry Monnier intervint et avec l'organe de *Joseph Prud'homme*.

— Permettez, madame... ce mouvement est produit par les poissons, ces bêtes-là remuent beaucoup et produisent des vagues au moyen de leurs queues. En outre, deux fois par jour, ils se retirent au large afin d'aller se faire pêcher, et comme ils ne pourraient rester à l'air sans périr, la mer quitte le rivage pour les suivre !

En ce temps-là, un poète, aujourd'hui en grande réputation et officier de la Légion d'honneur, composait des cantates en l'honneur de Napoléon III, c'était le restaurateur qui lui escomptait la somme allouée par le ministère des beaux-arts.

La Perdrix amoureuse disparut en 1857 ; plus d'un

des clients de Ronse, célèbre aujourd'hui, en lui adressant son dernier volume, aurait pu mettre à cette
époque, en tête, la même dédicace que jadis Lemercier de Neuville envoya à Dinocheau : « Lis ce
livre et ne lis jamais les tiens !

III

Le café de Suède. — Le parfait notaire — La bourse aux diamants. — L'heure de l'absinthe. — Voulez-vous être mon témoin ? — La société d'admiration mutuelle. — Un verre de Châblis pour cent sous. — Un vidangeur directeur de la bibliothèque nationale. — Lambert Thiboust et la guillotine. — La Corde sensible. — Bobeuf et son phénol. — Bock-à-l'as. — Le chat savant. — Le café de Mulhouse. — Conséquence d'une montre refusée. — Le café Procope. — Le bonnet rouge et Danton. — La pipe d'un traître. — Un mazagran. — Le café de Foy. — L'hirondelle de Vernet. — Gudin peintre d'enseignes. — Chodruc-Duclos. — Ganneau — Le dieu Mapa. — La toile de Hollande. — Les couverts d'argent. — Le café de l'Europe. — Chien-caillou. — Le café Tabouret. — Les cafés d'aujourd'hui.

III

Un journaliste de talent, dans une de ses chroniques du *Soleil*, disait ceci : « Le public du boulevard se déplacerait-il par bancs, comme les harengs qui, après avoir fréquenté pendant plusieurs siècles certaines régions, les abandonnent tout à coup ? Cependant aucun coin de Paris n'est plus animé que ce boulevard Montmartre où grouille une population très mélangée, composée le jour d'hommes d'affaires, de marchands de contremarques, de camelots; le soir d'artistes dramatiques, de journalistes. Chacun dans ces parages s'agite pour la vie, cherchant les truffes sur le radeau de la Méduse et parvenant souvent à dénicher la fortune. Sans doute alors, on monte

d'un cran et l'on passe sur le boulevard des Italiens,
à moins que l'on ne redescende, en se dirigeant à
grande vitesse vers Mazas. »

Certainement le public se déplace, non suivant la
fortune, mais suivant les nécessités de la vie, et surtout des situations acquises.

Cette observation s'applique au *café de Suède*, il
existe toujours, mais il n'est plus le café d'autrefois.

La France entière connaît ce café, situé boulevard
Montmartre, à côté du théâtre des Variétés, mais à
part les quelques anciens habitués qui survivent, qui
se souvient des beaux jours de cet établissement, de
1865 à 1870?

Et encore ceux qui survivent ne veulent peut-être
pas se souvenir; dame! les grandeurs, surtout quand
elles sont inattendues, changent un homme, comme
un réactif une couleur, et beaucoup des habitués
d'alors, qui aujourd'hui remuent des millions et suc-
combent sous le poids des honneurs, considèrent ces
souvenirs lointains avec mépris; c'est que rappeler
leur début, c'est abaisser leur vanité.

Le *café de Suède* n'a rien d'extraordinaire, rien
qui puisse attirer la curiosité; sa clientèle seulement,
celle de 1865 à 1870, a fait sa célébrité.

A cette époque on y rencontrait Debiron, Paul
Aubert surnommé Pomme-au-Beurre, le marquis Le
Guillois, Azam, Commerson, Ch. Habeneck, Cuzon,
Lambert Thiboust, Verle dit Canuche, Cochinat,

Marinoni, J. Claretie, Yvan de Wœstyne, le commandant Fruchinelli ; Félix, le valet de chambre de confiance de Napoléon III ; Maurice Joly, Alexis Boüvier, Georges Maillard, Ch. Bataille, Amédée Blondeau, Gabriel Guillemot, J. Vincent, le Major, Benassit, Massenet de Marancourt, Jules Denizet, le père Bobœuf, Victor Koning, Monréal, Roger de Beauvoir, Victor Noir, Muraour, Pons, Vermesch, Raoul Rigault, les frères Lionnet, Gaveau, etc., etc.

Le propriétaire du café était le père Lecheneau, surnommé le parfait notaire, à cause de sa calotte de velours et de sa cravate blanche.

Au premier, dans le jour seulement, se tenait la *Bourse aux diamants;* il était curieux de voir toute la tribu d'Israël, hommes et femmes, arriver silencieusement, avec leur museau de fouine et leur nez d'oiseau de proie.

Les ventes s'opéraient sans bruit, autour d'une table ; vendeurs et acheteurs étaient armés d'une loupe et examinaient avec soin les pierres précieuses ; les perles, les diamants passaient de mains en mains ; ils étaient retournés sous tous les sens, l'acheteur cherchait un défaut pour les déprécier, le vendeur s'efforçait de prouver qne ce défaut n'était qu'apparent et n'ôtait rien à la valeur de la pierre ; le prix était débattu, c'étaient alors des scènes inénarrables, chaque partie employait les ruses les plus étranges

3

pour vendre plus cher ou acheter meilleur marché ; si les parties ne s'entendaient pas, pas de discours ; l'un serrait son argent et l'autre sa marchandise.

Ce n'étaient pas les marchands de diamants qui faisaient marcher les affaires du père Lecheneau, car plusieurs fois il dut renvoyer la bande des *youpins* qui encombrait sa salle sans consommer, heureux quand ils n'emportaient pas les petites cuillers et les soucoupes !

L'heure de l'absinthe était curieuse ; en général alors comme aujourd'hui, on prenait l'absinthe à heure fixe, cette habitude datait de l'éclosion de la petite presse, elle était la résultante logique des *informations* et de la *chronique*, le succès sans cesse croissant des faits divers l'avait définitivement assise.

Jusque vers 1866 les *informations* et les *faits divers* n'existaient pas pour ainsi dire ; le public n'y attachait qu'une importance relative, mais dès que Émile de Girardin et de Villemessant comprirent que le journal qui aurait le plus de succès serait celui qui donnerait le plus de nouvelles, ils consacrèrent, l'un dans la *Liberté* et l'autre dans le *Figaro*, une large place aux *reporters*, les autres journaux les imitèrent, ce fut alors une véritable chasse aux *informations ;* mais comme il était impossible que tous les journalistes fussent à la fois à la même place, ils convinrent de se rencontrer, à tel ou tel endroit, le *café de Suède* en réunissait le plus grand nombre, chacun venait là

faire sa provision, les *faits divers* se confectionnaient
en commun, chacun apportait son contingent d'esprit
et d'indiscrétions, et voilà pourquoi le bourgeois, le
lendemain, en lisant les journaux aux cafés, voyait le
même *fait divers* reproduit à l'infini dans les feuilles
d'opinions les plus diverses.

Les semaines où l'épidémie de duel sévissait,
l'heure de l'absinthe était le moment où les témoins
s'abouchaient, c'était une heure assez mal choisie,
car ce breuvage n'est pas précisément une liqueur de
conciliation.

La société d'admiration mutuelle se réunissait également à cette heure, elle était composée de cinq ou
six journalistes; le premier est devenu un grand critique dramatique, le second secrétaire général d'un
grand théâtre, le troisième occupe une haute situation au ministère des beaux-arts, le quatrième est
préfet de première classe, le cinquième est un auteur
dramatique célèbre, le sixième est mort; le système
était bien simple, chacun d'eux avait un grand journal, il s'agissait de reproduire exclusivement les articles des sociétaires avec des éloges pompeux, on
voit que ce système leur a réussi à merveille.

L'heure de l'absinthe était aussi le moment où le
journaliste *panné* attendait l'occasion de *taper* les
camarades. J'en ai connu un, qui depuis s'est fait un
nom, qui commençait par le louis et finissait par deux
francs; son prétexte était invariablement le même,

qu'on fût en mars ou en décembre, il n'avait pas de quoi payer ses vignerons !!

Un autre emprunteur forcené, un journaliste mort depuis, rencontra un soir *au Suède* Gabriel Guillemot ; il lui dit d'un ton lamentable avec des larmes dans la voix : prête-moi cent sous, je n'ai pas mangé depuis avant-hier, Guillemot lui offrit de venir dîner avec lui ; c'est trop loin, répondit le carotier, la diète m'a coupé les jambes ; ému, Guillemot lui donna cinq francs et s'en alla.

Quand, deux heures plus tard, Guillemot revint au café, il vit son homme installé devant une table bien servie, en train de presser amoureusement un citron sur une douzaine d'Ostende ; stupéfaction de Guillemot ; le dîneur ne se déconcerta pas, et lui fit signe de la main en lui disant :

— Viens-tu prendre un verre de chablis avec moi !

Il ne faut pas conclure de cette anecdote que tous les journalistes ǀqui fréquentaient à cette époque *le Suède* étaient des bohêmes. Loin de là, à part trois ou quatre, tous sont arrivés et honorent le monde du journalisme.

Le soir, de dix heures à deux heures du matin, au premier, les parties s'engageaient, le *trente et un*, le *rhaims* et l'*écarté* étaient en honneur, Marinoni arrivait majestueux, suivi respectueusement à distance par Cochinat, qui, sans doute, avait conscience qu'il escortait un homme destiné à devenir aussi célèbre en littérature qu'en mécanique.

J. Vincent jouait au piquet avec le commandant Fruchinelli. Ce dernier était une énigme ; on racontait que jamais on ne le rencontrait dans la journée, qu'il ne sortait qu'à dix heures du soir pour venir au *Suède,* et qu'il couchait et mangeait avec des gants pour conserver à ses mains la délicatesse du toucher !

J. Vincent après la Commune se réfugia à Londres, quelques temps plus tard il se présenta chez le consul de France.

— Monsieur, je viens vous voir pour une pure formalité. Mes papiers sont en règle... mais on est si drôle, vous savez, dans les ports de débarquement, que j'ai peur d'être inquiété.

— Pourquoi donc ?

— Oh! mon dieu, c'est bien simple : J'ai été *directeur de la bibliothèque nationale.*

— Ah! et quand cela?

— En avril 1871.

— Parfaitement, sous la Commune par conséquent.

— Oh! je n'y ai fait que du bien.

— Oui, en effet, de crainte que la Commune n'incendiât la bibliothèque, vous avez expédié ici plusieurs volumes..... Qu'étiez-vous donc avant d'occuper ce poste important?

— VIDANGEUR.

Le consul faillit mourir de rire.

Une grande dame disait un jour en badinant à Lambert Thiboust :

— Qu'est-ce que vous voulez pour vos étrennes ?

— Je voudrais voir guillotiner quelqu'un, répondit-il.

Quelques jours plus tard, vers minuit, Thiboust causait tranquillement au *Suède* avec un ami, lorsque deux messieurs correctement mis, entrèrent et demandèrent au garçon :

— Monsieur Thiboust ?

Le garçon le désigna.

Les deux messieurs s'approchèrent de lui, et le prièrent de le suivre, ils le firent monter dans une voiture et le conduisirent place de la Roquette, là, ils l'installèrent au premier rang des spectateurs et ne le lâchèrent que lorsque la tête du condamné eut roulé sous le couteau.

Lambert en garda le lit six semaines ; quand on voulait lui être désagréable on n'avait qu'à lui rappeler cette aventure.

Parfois au moment où les parties étaient les plus animées, on voyait arriver Bobœuf, il s'approchait mystérieusement d'un des joueurs et lui offrait..... devinez quoi ? Un verre de phénol !

Le joueur impatienté l'envoyait promener, alors Bobœuf sans se rebuter disait doucement : voyez,

cela ne fait pas de mal, c'est un apéritif et une bois-
son hygiénique ; et, joignant l'action à la parole, il
débouchait un de ses flacons et se versait une rasade
qu'il avalait sans sourciller.

Il était devenu la terreur des habitués.

Souvent des filles venaient au premier quêter la
pièce de cent sous, ou un bock, Blanche de Nevers,
Valentine, la grosse Adèle surnommée le Mastodonte, étaient les plus assidues ; que sont-elles devenues ?

On affirme qu'on aperçoit quelquefois Adèle allant
au Bois dans un splendide coupé en compagnie d'un
vieux monsieur qui ressemble étonnament au duc de
Brunswick, par son maquillage et la noirceur de ses
cheveux, ce doit être une erreur, car il me semble
avoir reconnu Adèle sous les oripeaux de Catherine
de Médicis dans une brasserie à femmes, des environs du Temple.

Le pauvre Morère était également un habitué du
Suède.

Au *café de Suède* il y avait deux curiosités : le garçon de café Garnier, surnommé par Benassit : *bock
à l'as*, et le chat, un énorme chat qui exécutait sur le
billard tous les tours imaginables.

Garnier était le caissier discret et la providence de
beaucoup d'habitués, cela lui a réussi, il est en pleine
prospérité, quant au *café de Suède* il est en pleine décadence.

. . . .

Le *café de Mulhouse* était situé boulevard Montmartre, où se trouve aujourd'hui le *Musée Grévin*, il était au fond d'une cour, un petit jardin ombragé par quelques arbres rachitiques précédait l'entrée de la salle, c'était un café tranquille, comme habitués MM. Aurélien Scholl, Nazet, Grenier, Charpentier, Parade, Charles Joliet, Grégory Ganesco, Émile Hémery, Armand Sylvestre, le docteur Bonnières, Schnerb, Albert Wolf, Tony Révillon, le fameux Timothée Trimm, et enfin quelques peintres.

A propos d'Hémery, un ancien rédacteur du *Courrier français* raconte quelque part une bien jolie anecdote :

Hémery, vers 1866, composa une pièce de vers en l'honneur du prince impérial ; cette poésie fut mise en musique par M. Armand Gouzien, puis le tout précieusement enveloppé fut porté aux Tuileries à l'adresse du fils de l'empereur, il va sans dire que les auteurs avaient mis une dédicace collective à leur œuvre ; M. Conti, secrétaire de Napoléon, les remercia par une lettre fort aimable, la lettre était accompagnée d'une magnifique montre en or, dans la cuvette étaient gravés ces mots : *offert par Napoléon III à M. Hémery*. Une montre pour deux c'était assez difficile à partager ; des amis firent des démarches pour obtenir une seconde montre pour M. Gouzien, disant avec juste raison à M. Conti que la musique

de M. Gouzien valait bien les paroles de M. Hémery, les démarches furent inutiles.

M. Armand Gouzien, inspecteur aux beaux-arts, a
été consolé par la République.

Le *café de Mulhouse* disparut en 1881.

. . . .

Le *café Procope* fut le premier café établi à Paris ;
il fut créé par le Sicilien François Procope Cultelli,
en 1684, à la foire Saint-Germain et devint aussitôt le
rendez-vous de la meilleure compagnie.

Procope Cultelli était venu à Paris, à la suite de
Catherine de Médicis.

En 1689 Procope quitta sa vie ambulante, il fixa sa
demeure et ouvrit son café dans la rue des Fossés-
Saint-Germain, qui prit plus tard le nom de la rue de
la Comédie, à cause du voisinage de la Comédie-
Française, cette rue est aujourd'hui la rue de l'An-
cienne-Comédie.

Le *café Procope* était des plus simples, une salle
au rez-de-chaussée, une salle au premier étage ; sur
les murs du salon du rez-de-chaussée étaient peints
les portraits de Voltaire, d'Alembert, Piron, Jean-
Jacques Rousseau et Mirabeau.

Le voisinage de la Comédie-Française y attira plusieurs auteurs dramatiques et hommes de lettres ;
il devint rapidement le café le plus célèbre de Paris ;
là se racontaient et se fabriquaient les nouvelles du
jour, de là se répandaient les anecdotes de toute es-

3.

pèce; au dix-huitième siècle, ce café était le foyer des discussions littéraires, surtout de la critique dramatique : on y jugeait auteurs et pièces, Piron, Destouches, d'Alembert, Voltaire et Crébillon étaient des habitués assidus. Les controverses philosophiques les plus ardues s'y sont donné carrière ; on dit même que l'idée première de l'*Encyclopédie* a germé autour des tables entre Diderot et d'Alembert.

Ce fut au *café Procope* que, pour la première fois, les Parisiens prirent des glaces.

Sous la Révolution, le café fut abandonné par ses habitués littéraires. Danton y venait jouer aux dominos avec le boucher Legendre, l'assommeur célèbre ; un matin de 1792, Danton était en train de faire sa partie, une rumeur considérable vint la troubler et aussitôt trois individus, Jullian (de Carantan), Dubuisson et Ducroquet envahirent le café ; cinq cents énergumènes hurlaient dans la rue des chansons patriotiques ; ces trois hommes étaient coiffés du bonnet rouge, c'était sa première apparition, ils venaient demander à Danton son approbation, celui-ci répondit à Jullian : — Si cette coiffure n'allait pas mieux au berger Pâris qu'à toi, je doute que la belle Hélène ait voulu le suivre à Troie.

Malgré l'opinion de Danton, quelques jours plus tard, cette horrible coiffure, illustrée par un si grand nombre de voleurs et d'assassins célèbres, était à la mode.

Sous le deuxième Empire, le *café Procope* devint
e rendez-vous d'un grand nombre d'hommes de
lettres, d'artistes et d'avocats, Gambetta y fit ses
débuts oratoires ; la pipe, jusque-là proscrite par les
habitués, fit son apparition et ne tarda pas à régner
en souveraine ; le maître lui-même fumait comme un
simple mortel ; en 1873, à Brompton Street, *taverne
du Grit*, les réfugiés de la Commune avaient conservé
une pipe en terre dans laquelle avait fumé Gambetta ;
elle était accrochée à la muraille, au-dessous était
un écriteau : *Pipe d'un traître*, cette inscription avait
été votée sur une motion de Félix Pyat.

C'était un bien gros mot, pour bien peu de
chose.

Vermorel fréquentait également le *café Procope*.

Une fois député, Gambetta quitta peu après ses
anciens amis, il abandonna, l'ingrat, le *café Procope,*
le berceau de sa célébrité, mais il ne put dépouiller
tout d'un coup le vieil homme.

A preuve l'anecdote suivante :

Sous l'Empire, le salon de M. Maurice Richard
réunissait les hommes de talent appartenant aux
opinions les plus diverses.

Gambetta reçut une invitation à dîner du ministre
des Beaux-Arts, il accepta pour lui et pour son
inséparable M. Spuller, le brillant écrivain du *Journal de Paris* de 1869.

Après le dessert, on se leva de table et le café fut

servi au salon ; la maîtresse de la maison l'offrait elle-
même à ses invités ; arrivé au transfuge de *Procope*
et du *Rat mort*, elle lui tendit gracieusement une
petite tasse remplie d'un délicieux café qui embau-
mait :

— Merci, madame, dit-il en repoussant la tasse,
je préfère un *maza*...

Mme Maurice Richard fit le tour du salon en demandant à ses amis :

— Savez-vous ce que c'est qu'un *maza* ?

Impossible d'obtenir la définition de ce breuvage.

De guerre lasse, elle se résigna à interroger
l'ombre de Gambetta qui se tenait respectueusement
derrière le fauteuil du maître.

— C'est, répondit M. Spuller, du café dans un *bock*.

— Un *bock* ?

— Oui, un grand verre dans lequel Léon boit de
la bière.

— Mais pourquoi ne préfère-t-il pas une tasse ?

— Parce que dans un bock, on en a beaucoup
plus et que ça coûte le même prix !

Tableau !

En 1769, Dubuisson succéda à la dynastie des
Procope.

Zopi, sous le Consulat, succéda à Dubuisson et
ajouta un salon littéraire.

Quelle fut la cause de la décadence du *café Procope* ?

D'abord, le percement du boulevard Saint-Germain

et du boulevard Saint-Michel, ensuite la plupart des politiciens qui s'y donnaient rendez-vous sont arrivés, et ils n'ont plus besoin d'aller au café, ils peuvent le prendre chez eux et dans des tasses encore !

La révolution du 4 septembre ne tua pas que le *café Procope*, elle tua le *café Foy*, le *café Mulhouse*, le *Grand Balcon* et une infinité de cafés littéraires et politiques.

Le *café de Foy* fut fondé par un ancien officier nommé Foy en 1749, dans une maison de la rue Richelieu, entre cette rue et la rue de Beaujolais, à l'étage supérieur. En 1774, Jousserand y installa un café-concert qui ne commençait qu'après minuit; primitivement le café Foy avait pour titre *A la Foy;* c'est dans ce café que fut décidée la prise de la Bastille, à cette époque, parmi les habitués on comptait : le peintre David, le danseur Dérivis, le chanteur Cerda, Barré, directeur du Vaudeville, l'architecte Célerier, Carle et Horace Vernet ; en 1806, un peintre en bâtiment peignait les boiseries, Horace Vernet s'empara de sa palette, monta sur le poêle en faïence placé au milieu de la salle et peignit une hirondelle au plafond ; cette hirondelle devint célèbre et une légende s'établit autour d'elle ; quand Lenoir, un des derniers propriétaires, vendit son fonds, il fit précieusement détacher l'hirondelle du plafond. Le *café de Foy* sans hirondelle n'était plus le *café de Foy* ; aussi, Lemaître, son successeur, s'empressa-t-il de

la faire repeindre, le public revint l'admirer de confiance comme étant l'œuvre du maître, c'est le cas
ou jamais de dire que la foi sauve.

On a raconté sur Horace Vernet une foule d'anecdotes chargées de transmettre à la postérité le côté
excentrique et fécond en boutades de cet éminent
artiste.

Aux beaux jours du *café de Foy* Horace Vernet
habitait Versailles. Ses affaires l'appelaient journel-
lement à Paris, il avait pris un abonnement au chemin
de fer. On sait qu'un des avantages attachés à ce titre
d'*abonné*, c'est d'être bientôt connu de l'employé qui
contrôle la sortie des voyageurs à l'arrivée et ne
tarde pas à vous dispenser de l'exhibition quotidienne
de votre *carte*, mais l'employé de la gare de Versailles était une sorte de cerbère, à cheval sur le devoir, qui s'obstinait, même après un long temps, à
exiger d'Horace Vernet la production de sa *carte* ;
Horace avait beau protester contre ce qu'il appelait
une taquinerie, réclamer même auprès du chef, il
n'avait rien pu obtenir.

— C'est le règlement, lui avait-on répondu, on ne
peut imposer à un employé de faire bon marché du
règlement.

— Très bien, je l'exécuterai votre règlement,
avait dit l'artiste en entrevoyant déjà sa petite ven-
geance. Et voici ce qu'il imagina :

Il fit coudre la *carte* en question sur le fond de

son pantalon à cette partie accidentée où, comme l'a dit Jules Janin, *le dos change de nom.*

Puis, chaque fois que, passant devant le contrôleur, il était en butte à l'interpellation administrative : *Votre carte ?* il soulevait brusquement la partie postérieure de son paletot et avec un geste indicateur des plus expressifs : *Voilà*, disait-il.

Le contrôleur renonça à exécuter le règlement.

En 1815, le *café de Foy* fut le théâtre de scènes sanglantes, les officiers français provoquaient les officiers étrangers, de là des rixes et des duels terribles.

Plus tard, le *café de Foy* compta parmi ses habitués, Lemaître de Sacy, la dynastie des Arago (François, Jacques et Emmanuel), Plougoulm, Payen, le docteur Bouillaud, Dupuis, Evariste Bavoux, le comte d'Argout, Montalivet, Crémieux, Baroche et le baron Haussmann ; parmi les militaires, Cavaignac, Négrier, Pajot, le colonel du Barail et son fils, devenu depuis général ; parmi les auteurs, Dumas père, Laya, Joseph Vimeux et Frédéric Bérat ; le peintre Gudin y venait quelquefois ; il racontait souvent comment, sous prétexte qu'il était *peintre de marine*, on avait voulu le faire devenir *peintre de marins.*

Gudin séjournait dans un port de guerre où il s'était lié avec la fine fleur des officiers de marine ; ils étaient si affectueux et même si respectueux pour

lui, qu'il conçut le désir de reconnaître leurs préve-
nances... en les pourtrayant.

La proposition fut acceptée d'enthousiasme.

Ce fut d'abord le comte de R..., enseigne de vaisseau, qui posa ; puis Paul P..., son collègue ; puis
M. de K..., du même grade.

Au quatrième Gudin fit une croix et demanda :

— A qui le tour, messieurs !

— A moi, répondit M. de V...

— A la bonne heure, mon cher, lui dit Gudin, vous
êtes lieutenant de vaisseau, sans quoi, ma parole
d'honneur ! j'allais devenir *peintre d'enseignes !*.....

La terreur des habitués du *café de Foy* était Chodruc-Duclos. Au milieu des brillants consommateurs
ce bohème sale comme un peigne faisait tache, il tu-
toyait presque tout le monde, et sans se soucier de
son costume, il s'asseyait à la première table venue ;
il empruntait sans cesse de l'argent, quelquefois cinq
francs, mais généralement il ne dépassait pas la pièce
de quarante sous ; une de ses farces consistait à em-
prunter une pièce de quinze sous au patron du café,
celui-ci la lui donnait croyant s'en débarrasser, Cho-
druc faisait mine de partir, les consommateurs étaient
ravis, mais ce n'était qu'une fausse sortie, il s'asseyait gravement devant un guéridon et commandait
une consommation de dix sous qu'il payait en aban-
donnant les cinq sous au garçon.

Un type plus curieux que Chodruc-Duclos était

Ganneau, l'inventeur d'une religion nommée *Éva-disme*, des noms associés d'Adam et Ève, il va sans dire qu'il était le grand prêtre de sa religion.

Son système était basé sur ceci : — Pourquoi, di-sait-il, apprendre aux enfants à dire en parlant de leur mère *maman* et du père *papa ?* ils n'appartiennent pas à un seul, ils sont la propriété des deux, il est donc plus rationnel le prendre la première syllabe du nom générique latin *ma* et *pa*, de *mater* et *pater*, de la *Mapa*, ce qui lui valut le surnom du *dieu Mapa*.

Un des principes essentiels de l'*Évadisme* était la parfaite égalité des deux sexes, et pour mieux affirmer l'indestructible fusion des principes mâles et femelles, chaque fidèle devait prendre un nom composé de la même manière que les précédents, autrement dit des syllabes du nom paternel augmentées des syllabes du nom maternel.

Le *dieu Mapa* ne voulant pas répudier son nom, ni pourtant le conserver, ce qui l'aurait mis en con-tradiction avec les principes de l'*Évadisme*, avait pris un moyen terme, il signait : *celui qui fut Gan-neau.*

Comme on le voit, c'était bien inoffensif et la ré-forme de Ganneau n'avait pas de quoi faire trembler le monde religieux; le clergé catholique finit pourtant par s'inquiéter de la propagande des deux ou trois toqués qui s'étaient constitués les apôtres de la reli-gion nouvelle ; l'archevêque de Paris craignant une concurrence sérieuse pour Jésus-Christ adressa une plainte longuement motivée au procureur du roi, ce dernier fit aussitôt ouvrir une instruction.

Le juge d'instruction fit comparaître devant lui le *dieu Mapa ;* il se présenta vêtu d'une longue blouse, coiffé d'un immense feutre et chaussé de sabots de bouvier ; il répondit aux questions du juge avec une telle emphase que le juge éclata de rire au nez du dieu ; il rendit une ordonnance de non-lieu et le silence se fit sur l'*Évadisme* qui tomba dans l'eau.

Ganneau essaya bien de crier à la persécution, mais sa voix ne fut pas entendue.

Ganneau se promenait imperturbablement dans les galeries du Palais-Royal dans un costume des plus fantaisistes : il se composait d'une culotte collante et d'une robe de chambre à ramages, serrée à la taille par une embrasse de rideau en guise de cordelière.

Ganneau donnait des leçons d'astronomie, et comme il n'avait pas d'observatoire il louait généralement une mansarde au dernier étage pour lui en servir. Son dernier domicile fut rue de la Lune. Une plaque indicatrice, placée sous la porte de l'allée, servait de guide aux élèves pour trouver la demeure du professeur. On peut juger de la stupéfaction des malheureux lorsqu'ils entraient dans le galetas du *dieu Mapa* et lorsqu'ils le voyaient assis gravement sur son lit de sangle étudiant à l'aide d'une baguette

la marche des astres, sur un cercle tracé à la craie au
milieu de la chambre.

Souvent sous sa robe de chambre il n'avait pas de
chemise. Un jour un jeune homme vint par curiosité
le visiter, sous prétexte de prendre une leçon ; Ganneau, brillant causeur, instruit, le tint pendant une
heure sous le charme d'une conversation si spirituelle,
si charmante que l'élève d'aventure fut émerveillé ; ne
sachant comment remercier le professeur, il s'aperçut
qu'il n'avait pas de linge. Voulez-vous, dit-il à Ganneau, me permettre de vous envoyer une douzaine de
chemises ?

— Certainement, jeune homme, lui répondit-il. Ils
se serrèrent la main et le jeune homme s'en alla.

Il était presque au premier étage, lorsque Ganneau
fit brusquement irruption sur le palier, il se pencha
dans la cage de l'escalier et lui cria d'une voix formidable :

— Jeune homme, en toile de Hollande, je n'en
porte jamais d'autres !

Ganneau avait établi son domicile au Palais-Royal
pour être plus près des maisons de jeu, car il était
joueur effréné.

Une nuit Ganneau avait fait une combinaison in-
faillible ; il emprunta l'argenterie d'une dame mariée
de ses amies, mais sa combinaison ne réussit pas ; il
ne put dégager l'argenterie.

Grand désespoir de la dame ; comment avouer cela

à son mari? Ganneau lui écrivit : « espérez! » Mais rien ne venait; autre surcroît de souci, son mari lui annonça que le soir même il donnait un grand dîner.

La dame écrivit encore une fois à Ganneau, puis prétexta une migraine, la grande ressource des femmes embarrassées ; malheureusement, si forte qu'elle soit, la migraine ne peut remplacer des couverts.

L'heure fatale avançait, les convives étaient au complet, la bonne était allée trouver madame et lui avait dit que malgré les recherches les plus actives, il était impossible de trouver l'argenterie. Madame répondit à tout hasard : « Je vais descendre et sans doute nous la retrouverons. »

Madame descendit, et tout à coup Ganneau apparut portant sous son bras une petite caisse longue. Avec un aplomb merveilleux, il entra au salon, salua l'assistance ; puis, s'adressant au maître de la maison, il lui dit : « Monsieur, vos domestiques ne surveillent guère votre maison ; il y a une heure je suis entré ici, personne pour m'annoncer : la salle à manger était ouverte, le couvert mis ; j'eus la pensée d'emporter votre argenterie ; la voici, vous avez de la chance que ce soit moi ! »

Ganneau vivait avec une pauvre fille qu'il rendait si malheureuse qu'on l'avait surnommée : *la résignée*; elle l'attendait des nuits entières, assise sur la bordure du trottoir, en face le 113 ; elle grelottait de froid,

n'avait pas mangé depuis la veille, mais elle ne mur-
murait pas, elle était folle du *Mapa* malgré son
effroyable égoïsme ; elle mourut à l'hôpital. Quant à
Ganneau, il disparut sans laisser un ami.

Au *café de Foy*, la pipe fut impitoyablement proscrite jusqu'à son dernier jour ; est-ce à cette cause
qu'il faut attribuer sa décadence ? Je ne le pense pas,
car ses habitués ne prenaient guère en public ce
genre de distraction. Toujours est-il qu'en 1874 il
dut fermer ses portes faute de clients.

Le *café de la Rotonde*, voisin du *café de Foy*, dut
également fermer en 1885. Ce fut le 2 septembre 1866
que pour la première fois on y servit de la bière.
Pour comprendre toute la gravité de cette révolution, il importe de savoir que le *café de la Rotonde*
lutta héroïquement jusqu'à la fin, le bock montait
toujours, il était inflexible. Pas de bières! Respect
aux traditions.

Malgré cette concession et la présence de Louis,
un garçon de café que le *café de la Rotonde* payait
fort cher parce qu'il ressemblait à Louis-Philippe, la
clientèle abandonna ce café célèbre.

En 1880 disparut le *café de l'Europe;* il était placé
au carrefour de l'Odéon et de la rue de l'École-de-
Médecine. Un de nos confrères, M. Charles Ganivet,
dans une de ses chroniques quotidiennes du *Soleil*,
lui consacra quelques lignes charmantes ; je ne pouvais
mieux terminer ce chapitre qu'en les lui empruntant :

... Où est le *café de l'Europe*, de si peu d'apparence jadis? Rasé, entièrement rasé. On y voyait, il y a quelque vingt ans, M. Clémenceau qui commençait sa réputation d'homme sobre et de buveur d'eau, et qui ne s'attendait peut-être pas à être le *leader* d'un groupe d'opposition sous le gouvernement de la République. Le docteur Camuset, qui vient de mourir après avoir publié une plaquette de vers spirituels et humoristiques, les *Sonnets du docteur*, s'y montrait aussi; on y voyait également le docteur Blatin, aujourd'hui maire de Clermont-Ferrand.

... *Chien-Caillou.* — Le graveur Bresdin, qui vient de mourir si misérablement à Sèvres, il y a quelques mois (1885), y faisait sa partie d'échecs en racontant ses malheurs de toute sorte, pour en arriver à dire qu'il passait sa vie à être *échec* et *mat*, et cependant je crois bien qu'il n'attendait pas une fin aussi terrible. Paul Arène y faisait des apparitions, Léon Cladel aussi; l'un n'avait pas encore écrit *Jean des Figues*, ni l'autre *celui de la Croix-aux-Bœufs*. On y causait beaucoup, entre méridionaux, en faisant pas mal de tapage, et l'un des plus calmes était Alcide Dusollier, aujourd'hui sénateur de la Dordogne, et qui écrivait alors au *Figaro* bi-hebdomadaire des articles remarqués. Où sont les articles humoristiques d'Alcide Dusollier?

Mais où sont les neiges d'antan?

C'est égal, il n'y a plus de café comme le *café de l'Europe* dans le quartier latin. On y pensait et l'on y parlait beaucoup plus qu'on n'y buvait. C'étaient bien plutôt des endroits de réunion, des endroits où se retrouvaient des jeunes gens qui, sans se révolter, protestaient en petit comité d'amis; à peine les étrangers s'y hasardaient-ils. On voyait tout de suite, le pied sur le seuil, qu'on pénétrait dans un endroit réservé. Le pauvre du Boys, qui mourut si jeune, tué par le roman-feuilleton, après avoir fait de la littérature, y travaillait, la plupart du temps, dans une solitude à peu près parfaite, d'ailleurs, car, entre le déjeuner et le dîner, le *café de l'Europe* était presque un désert.

Les cafés d'aujourdhui ne transmettront point à la postérité de pareils souvenirs. Les anciens s'en vont l'un après l'autre. On voit un comptoir de marchand de vins où fut jadis, il n'y a pas deux ans, le *café Taboureau*, tout près de l'Odéon et de la grille du Luxembourg. Le *café Fleurus* existe encore, mais délaissé, je suppose, sans la vie exubérante et enithousiaste des jours passés. Car, remarquez-le bien, il n'y a plus d'enthousiasme aujourd'hui; l'époque positive que nous traversons a remplacé cela par le calcul, et c'est l'égoïsme qui règne en maître. L'homme jeune n'a plus d'aspirations idéales, mais des ambitions vulgaires; il ne cherche pas à planer, il se hisse; et, quand il est arrivé au sommet, la plupart du temp on se demande quel singe est assis là?

IV

Le théâtre de la foire Saint-Laurent. — Les empêcheurs de danser en rond. — Jules Janin l'homme à la tête nue. — Le théâtre d'Arcole. — Émile et Napoléon III. — Victor Hugo vaudevilliste. — La soupe aux choux dans une poêle à marrons. — La fille qui dore. — La salle Saint-Spire. — Le père Glouton. — Un directeur chiffonnier. — Une drôle de cuvette. — Prenez garde aux chandelles. — Je suis si gentille. — La casquette escargot. — Zaïre par un garçon boucher. — Les Filles-Dieu. — L'émancipation de la femme. — Les passions libres. — Théâtre de l'impasse de la Pompe. — Le concierge cicérone. — Un public aimable. — Blessures pansées avec des litres. — Bobineau. — Un clou dans la lune. — Qui a fait le coq ? — Les lentilles d'Arago. — Le pierrot Blanchard. — Un hercule jeune premier. — La vie de Napoléon. — La grisette. — Bobinski. — Vautrain et le chiffonnier. — Gare l'eau et le cavalier seul. — La corde sensible et Lambert Thiboust. — Théâtre Molière. — Le père Comte.

4

IV

Le *théâtre de la foire Saint-Laurent*, qui n'a rien de
commun avec le théâtre de la célèbre foire de ce nom,
qui fut supprimée en 1789, et qui fut le berceau de
l'Opéra-Comique, était en 1834 où se trouve aujour-
d'hui la gare de Strasbourg ; le boulevard de ce nom
a fait disparaître une partie de la rue de la Fidélité, et
entièrement la rue Neuve-de-la-Fidélité ; un marché
avait été construit à l'angle du boulevard et de la rue,
en face le bureau des tramways.

Le théâtre était une baraque construite en planches,
au fond d'un terrain vague dans lequel un charpentier
déposait ses bois en grumes.

Rien de plus lamentable que ce théâtre : les planches disjointes laissaient passer l'air ; quand il neigeait ou qu'il pleuvait, les malheureux acteurs recevaient le tout sur la tête. Dans le jour, le directeur les forçait à réparer la toiture. — Prenez garde, disait-il aux filles du quartier, mes artistes sont couvreurs !

Mme Émile, petite femme fraîche et sémillante, remplit tour à tour l'emploi des soubrettes et des premiers rôles, voire même les ingénuités et les travestis ; elle avait pour auxiliaire Mlle Blanche. C'est à ce théâtre que débuta l'acteur Faille, qui fut depuis directeur de l'Ambigu.

Au *théâtre de la foire Saint-Laurent* brillèrent, de 1838 à 1845, les *jeunes orfèvres*, comédiens de chez M. Allaux, directeur des ateliers d'orfèvrerie en doublé de la rue des Enfants-Rouges.

Noblet, qui remplaça plus tard M. Allaux, jouait les premiers rôles ; Frédéric Goubert, ouvrier menuisier, surnommé le *Bocage de la foire,* à cause de sa ressemblance avec le grand comédien, doublait Noblet.

Frédéric Goubert fut l'amant d'une femme célèbre par ses amours avec un proscrit de haute marque, qui fut souvent condamné sous l'Empire ; elle voulut le faire entrer dans la grrrande conspiration de la veuve Langlois, mais il refusa, et ils se séparèrent. C'est grand dommage, car Goubert aurait bien figuré à la

Chambre des députés après une condamnation quelconque.

Pauline, dite la *grosse grêlée*, était une sorte de mastodonte qui jouait de préférence les *mangeuses d'enfants* et les *empêcheuses de danser en rond;* elle pesait trois cent cinquante au bas mot ; son succès en scène était assuré sans qu'elle eût besoin de parler.

Alexandre Blacher débuta également à ce théâtre ; il chantait le répertoire des chansonnettes de Levassor, Paul Bonjour et Hoffmann ; il chantait la romance avec goût. Après le ténor Gozora, autre célébrité oubliée, Blacher était l'enfant chéri de la *goguette Montier* rue de la Grande-Truanderie ; à cette goguette on rencontrait Eugène Baillet, le petit Jules Janin, dit l'*Homme à la tête nue.* Voici un couplet d'une de ses chansons ; le style ne rappelle guère celui de son célèbre homonyme :

> Julie d'avoir fait ta conquête
> J'crois q'j'm'en gif'rai pour un |rien,
> Car dans not' premier tête-à-tête,
> Tu m'f'sais l'effet d'qu'qu'chos' de bien.
> L'av'nir qu'à mes yeux tu déroules,
> Me fait trembler pour tes vieux jours,
> T'es feignante, gourmande et tu te saoules,
> Tu n'seras pas longtemps mes amours.

4

On jouait tous les genres au *théâtre de la foire Saint-Laurent*, le public, composé en majeure partie d'ouvriers, était de bonne composition; souvent les spectateurs causaient avec les acteurs, il en résultait des dialogues d'un haut comique.

Ce théâtre eût été mieux nommé : *théâtre sans prétention*, comme le furent jadis en 1795 les Délassements-Comiques, les mères amenaient leurs nouveau-nés, qu'elles allaitaient sans façon. On buvait, on mangeait du cervelas à l'ail, quelquefois un loustic offrait à l'acteur en scène un verre de vin ou une tartine; l'acteur acceptait et buvait sans façon à même la bouteille, alors les spectateurs criaient en chœur : A ta santé! L'acteur répondait : A la vôtre, puis continuait son rôle.

Le *théâtre de la foire Saint-Laurent* disparut pour faire place à la gare de Strasbourg; son directeur Émile, l'illustre Émile, alla prendre la direction du *théâtre d'Arcole*.

Ce théâtre était dans la crypte de l'église Saint-Pierre-aux-Bœufs, laquelle avait été vendue comme propriété nationale le 8 fructidor an IV; la maison qui porte le numéro 15 de la rue d'Arcole est bâtie sur l'emplacement exact de la vieille église, une plaque commémorative consacre ce souvenir.

A cette époque, la Cité était une ville dans une ville; comme toutes les rues qui la composaient disparurent pour faire place au nouvel Hôtel-Dieu, au tribunal de commerce et à la caserne de la Cité, une digression est nécessaire.

Dans la *rue du Cloître-Notre-Dame* se trouvait la maison du chanoine Fulbert, l'oncle d'Héloïse, la célèbre maîtresse d'Abailard.

La *rue du Marché-Neuf* fut illustrée par la journée des barricades le 12 mai 1588.

La *rue des Cargaisons*, corruption des *Carcuissons*, était, au moyen âge, réservée aux charcutiers qui y apprêtaient leur viande.

La *rue de la Calandre* devait son nom à Nicolas le *Kalandreur*, dont les ancêtres *calandraient* le drap.

La *rue aux Fèves*, connue dans le monde entier par les *Mystères de Paris* qui mirent à la mode le tapis franc du *Lapin blanc*, tirait son nom du marché aux fèves qui y était établi.

La *rue de la Licorne* prit ce nom à cause d'une *licorne* qu'on y montrait au xvᵉ siècle ; les *oublayers* y fabriquaient spécialement des *oublies*, qu'ils allaient vendre par la ville.

La *rue des Trois-Canettes* était ainsi dénommée parce que des armoiries, sur lesquelles étaient sculptées des *canettes*, figuraient sur la porte d'un hôtel.

La *rue Cocatrix*, ainsi appelée parce qu'une famille bourgeoise qui y habitait exerçait de père en fils la profession de *queux* (de cuisinier), dit le bibliophile Jacob, mais ne serait-ce pas plutôt parce que Geof-

froy de Cocatrix, grand échanson de Philippe le Bel
y avait son hôtel ?

La *rue des Deux-Hermittes* consacrait par une enseigne le souvenir d'Étienne de Dommachier et d'un
jeune homme nommé Lhermitte qui fût brûlé vif
en 1536 au parvis Notre-Dame.

La *rue des Marmouzets,* dont tout le monde connaît
la légende, devait son nom à un hôtel *domus Mar-
mosetorum* qui était orné de petites statues peintes et
dorées, mises alors à la mode par Nicolas Flamel
qui faisait travailler un grand nombre de *tailleurs
d'images.*

La légende, qui date du XIVᵉ siècle, est venue jusqu'à nous : un barbier tuait ses clients, et son
voisin le pâtissier en fabriquait des pâtés exquis dont
la vogue était universelle ; tous deux furent brûlés et
leurs maisons rasées, ce ne fut que cent ans plus
tard, en 1536, que la place vide fut comblée par une
nouvelle maison dont le propriétaire, Pierre Belut,
était conseiller au Parlement.

La *rue Saint-Éloi* était habitée par les forgerons et
les orfèvres, elle devait son nom au conseiller du fameux Dagobert ; une vieille chanson nous dit à ce
sujet :

> Lorsque saint Eloi forgeait,
>   Son fils occu...
>   Son fils occu...

> Lorsque saint Eloi forgeait,
> Son fils Occuli soufflait.

Bien plus tard les orfèvres émigrèrent et furent remplacés par les savetiers.

L'*impasse Saint-Martial* fut détruite en 1722.

La *rue de la Vieille-Draperie* était jadis habitée par les maîtres drapiers; ils profitèrent, en 1183, de l'expulsion des juifs par Philippe-Auguste pour se faire donner vingt-quatre maisons, ils y établirent le siège de leur corporation.

Sous Louis VII les vignobles parisiens, très nombreux, étaient en grande réputation : le clos Malivart entre Paris et Montmartre, le clos Gorgeau, le clos Saint-Victor et des Arènes, le clos du Hallier (tout le pâté de maisons entre le boulevard Montmartre et la rue Richer a été construit sur son emplacement), le clos Saint-Symphorien (entre les rues des Sept-Voies de Rheims et des Muales), le clos des Vignes qui s'étendait de la rue des Saint-Pères à la rue Saint-Benoît, le clos Margot (la rue et l'église Saint-Paul occupent son emplacement) ; le clos Marga (rues Saint-Claude et du Harlay, au Marais), le clos Saint-Gervais (entre les rues Saint-Gervais et du Temple), le clos Le Roi (sur son emplacement fut construite l'église Saint-Jacques du Haut-Pas), le clos des Partants (rue des Amandiers).

Tous ces clos fournissaient d'excellents vins qui rivalisaient avec ceux d'Ivry, d'Auteuil, de Suresnes et d'Argenteuil.

Montmartre était également un excellent vignoble, son vin avait beaucoup d'amateurs, les buveurs chantaient lorsqu'ils étaient gavés :

> C'est du vin de Montmartre,
> Qui en boit pinte en pissera quatre.

Paris était alors un grand Bordeaux, le vin d'Auteuil allait jusqu'en Danemark, et les autres crus s'expédiaient un peu partout ; de là, naturellement, les tonneliers formaient une puissante corporation, ils s'établirent *rue de la Barillerie*, parce que dans cette rue Charlemagne avait ses cuves où il entassait des *barils* cerclés de fer. Saint Louis y avait aussi ses caves. Trois *barilliers* y étaient spécialement chargés de garder les tonneaux et les *barils*.

La *rue Saint-Christophe* se nommait primitivement *rue des Regratiers* parce qu'un marché de revendeurs y était établi, elle changea de nom lorsque les *regratiers* émigrèrent.

La *rue de Perpignan* se nomma d'abord *Pampignan*, et ensuite *Parpignan*, le nom de *Perpignan* lui venait d'un jeu de paume qui était établi non loin de là en 1399, ce jeu, d'une haute antiquité, se joue encore aujourd'hui dans les provinces basques de l'ancienne Biscaye et de la vallée de la Soule.

La *rue de Glatigny* fut réservée par saint Louis (1254) à la prostitution, son nom primitif (xiie siècle) était *Glategny* ou *Glateingny*.

Malgré les transformations de Paris, depuis le premier empire, toutes ces rues étaient restées des cloaques infects, sans air, sans lumière, où grouillait une population hétérogène. On disait encore en 1850 : Je vais dans la Cité, comme si l'on allait faire un voyage lointain ; tout ce que Paris comptait de filles publiques, de voleurs, de vagabonds s'y donnait rendez-vous, c'était une vaste Cour des miracles, un immense repaire. La Cité alimentait les prisons, les bagnes et l'échafaud.

Mais revenons au *théâtre d'Arcole*.

On entrait dans la salle par une pente douce, des bancs avaient été placés sur le sol nu, et obéissaient à la forme du terrain, ce qui produisait un spectacle étrange ; les quinquets étaient horriblement fumeux, les murs suintaient et des colimaçons s'y promenaient tranquillement ; le public, composé principalement des apprentis des ateliers voisins et des filles du quartier, n'y regardait pas de si près; d'ailleurs, l'aspect des rues avoisinantes était un cadre qui préparait au tableau.

On jouait le drame et la pantomime, c'était Émile qui tenait les emplois de Pierrot et de jeune premier.

Les gamins disaient en 1852 : c'est pas Napo-

léon III qu'a passé le pont d'Arcole; c'est Émile
dans l'*Empereur aux avant-postes*.

Émile jouait Napoléon, il suffisait de lui dire en le
regardant en costume d'Empereur : Ah! ah! M'sieur
Émile, ah! ben j'sais pas si vous l'frimez le petit caporal : Gobert du Cirque n'est qu'un asticot auprès
d'vous; Émile se rengorgeait et s'arrêtait pour répondre à son interlocuteur : Pendant l'entr'acte
nous irons boire un litre. En effet, aussitôt la toile
baissée, l'Empereur allait sans façon, en costume,
siffler son demi-litre sur le zinc d'à côté.

Emile était extrêmement intrigant et d'une au
dace peu commune; il avait rêvé d'obtenir une
pièce de Victor Hugo, il alla carrément trouver
le poète des *Orientales* et lui tint à peu près ce
langage :

— Mon cher maître, si vous ne venez à mon
secours, je sombre.

— Qu'attendez-vous de moi ? demanda Victor
Hugo avec obligeance.

— J'attends de vous le salut.

— Mais encore ?...

— Une pièce à succès, une comédie, un vaudeville résurrecteur...

Or, cela se passait quelque temps après l'élection
de Victor Hugo à l'Académie française; palmes
obligent, un académicien ne peut décemment descendre publiquement jusqu'au vaudeville à couplets,

un immortel pourrait-il sans déroger donner le jour à des éphémères?

— Cher monsieur, répondit le poète après un éclair de réflexion, j'ai le plus vif désir de vous obliger et vous allez en avoir la preuve instantanément, un vaudeville, des couplets, tout cela pouvait passer quand je n'étais pas l'un des quarante de l'Académie française, mais il est avec elle des accommodements, je vous ferai un vaudeville, mais sans ma signature.

— Diable! s'écria l'infortuné Emile, j'aimerais mieux la signature sans le vaudeville.

— C'est bon, conclut Victor Hugo, le 1er janvier je vous enverrai ma carte de visite autographiée.

La mère Leroy jouait les duègnes, c'était une femme d'une nature spirituellement comique, c'était une Thierret avec les qualités de Clorinde des Folies-Dramatiques et de l'inoubliable Flore des Variétés.

René, le roi des potiniers, aimait beaucoup Mme Leroy, avec laquelle il jouait souvent; il demandait un jour à Charles Camus, qui travaillait chez M. Leroy :

— Combien Mme Leroy a-t-elle d'enfants ?

— Trois, deux filles et un garçon. M. Leroy qui est peintre sur éventails les fait travailler tous trois.

— Que fait le fils?

— Il peint comme le père.

—Et la mère ?

5

— Elle prépare les couleurs et fait la cuisine.

— Et la fille ?

— Elle *dore*.

— Ah! comment une fille que je croyais si coura-
geuse, elle *dort*, c'est drôle !

Emile est l'inventeur d'un nouveau procédé pour
faire la soupe aux choux.

Un jour on répétait au théâtre d'Arcole *Ariadan
Barberousse*. Célina, la fille de l'allumeur de réver-
bères de la rue Saint-Denis, la jeune première en
vogue, était dans le couloir, elle entendit Blacher
chanter : *la soupe au choux se fait dans la marmite ;*
Emile vint à passer, Célina l'arrêta et lui dit : la
soupe aux choux se fait dans la marmite, si t'avais
pas de marmite tu pourrais donc pas en faire.

— Eh! si, dit Emile.

— Dans quoi ? fit Célina !

— Je la ferais dans une poêle à marrons ! !

Le *théâtre d'Arcole* disparut lors de la transformation de la Cité en 1852.

. . . .

La *salle Saint Spire* était située rue Saint-Spire,
laquelle donnait rue des Filles-Dieu et impasse de la
Grosse-Tête.

Le théâtre était situé au troisième étage, le propriétaire était un chiffonnier, nommé le *père Glouton*
parce qu'il cachait dans un coin de son mannequin
une provision de rogatons qu'il disputait aux chiens

affamés, dans les tas d'ordures ; une fois rentré chez
lui, il dévorait littéralement ses rogatons, il cumu-
lait son métier de chiffonnier avec les fonctions de
directeur.

Impossible de rien imaginer de plus sordide que
la scène (on l'avait surnommée la promenade aux
entorses), les planches disjointes paraissaient frottées
d'huile ; les portants étaient un rafistolage de vieux
morceaux de bois et de voliges pourries, les coulisses
étaient en papiers peints ramassés dans les démolitions ;
la toile était faite avec de l'étoffe de torchons à quatre
sous et *marouflée* avec des images d'Epinal et des
gravures de journaux illustrés ; dans ses pérégrina-
tions nocturnes le *père Glouton* avait trouvé dans un
tas d'ordures un pot à fleurs plein de jaune de chrome
et une brosse à dent. Pour utiliser sa trouvaille, il
peignit au milieu de la toile une immense lyre qui
faisait l'admiration de tous.

Les loges d'artistes étaient aussi indescriptibles
que la salle, les pauvres diables y devaient tenir neuf !

Les *petits emplois* s'habillaient dans le couloir qui
conduisait aux latrines privées de porte, ou s'ils le
préféraient dans les coulisses.

Un détail typique : celui qui voulait accrocher ses
effets apportait *ses* clous et les remportait le soir, il
était indispensable que les acteurs fissent un paquet
de leurs effets, afin de les sauvegarder des camarades
distraits.

Le *père Glouton* fournissait les cuvettes à ses pensionnaires.

Ces cuvettes étaient des boîtes à sardines grand format qu'il ramassait en chiffonnant; il fournissait aussi le savon, qu'il ramassait par petits bouts dans les mêmes conditions; de ces petits bouts il faisait des petits paquets dans de vieilles boîtes d'allumettes, et vendait les paquets composés de six bouts; la somme de... un sou !

La salle était meublée de bancs de toutes dimensions et de toutes hauteurs, les stalles étaient des tabourets boiteux, et les fauteuils des chaises dépaillées; les carreaux du sol, à mesure qu'ils se brisaient, étaient remplacés par des carreaux de faïence; quand le garçon d'accessoire balayait la salle, il soulevait un des carreaux, y plaçait les ordures et tout était dit.

La rampe du théâtre était éclairée par des chandelles d'un sou, afin que les spectateurs ou les artistes ne missent pas les restes dans leurs poches.

L'escalier qui donnait accès à la salle était éclairé avec des lampions; sur les marches, il y avait une quantité de filles publiques qui attendaient la sortie des spectateurs, et les accostaient ainsi :

— Monsieur, *y fait bien chaud* chez moi; vous pouvez demander à tout le monde si j'suis gentille !!

Ce « y fait bien chaud » avait sa raison d'être. Comme la salle de spectacle était ouverte à tous vents, il y régnait un froid sibérien, à tel point que les

femmes n'y venaient jamais sans un *gueux;* le *gueux*
est une chaufferette en terre munie d'une anse dont
les femmes des marchés se servaient généralement
alors.

Inutile de dire que le public était à la hauteur de
la salle; la rue des Filles-Dieu, cloaque immonde,
était le refuge de toutes les filles de bas étage qui
étaient cantonnées dans cinq maisons de tolérance.
Ces filles louaient l'unique galerie de la *salle Saint-*
Spire, et elles s'y pavanaient en compagnie de leurs
amants, qui se nommaient alors les *casquettes sur le*
devant, ou *escargots en arrière,* comme aujourd'hui
les *casquettes à trois ponts.*

Le langage qu'on y entendait était effroyable et ne
saurait être rapporté.

Le répertoire était très varié : on y jouait *le Son-*
neur de Saint-Paul et *les Mousquetaires,* ou même la
tragédie, la tragédie! *Andromaque, Zaïre* ou *Phèdre.*
Salle Saint-Spire, c'était un véritable comble, mais ce
qui était plus étonnant, c'était un garçon boucher, un
vrai colosse, nommé Bibi, qui jouait le rôle de *Zaïre*
et ne rappelait guère Mlle Duchesnois.

A la mort du *père Glouton,* en 1857, la *salle Saint-*
Spire fut fermée, et le local loué à une blanchisseuse.

La rue Saint-Spire existe toujours, mais la rue des
Filles-Dieu, sa voisine, fut démolie en mai 1885.
C'était une des plus vieilles rues de Paris; elle tirait
son nom d'un monastère dont les bâtiments s'éle-

vaient sur l'emplacement occupé par le passage du
Caire. Ce monastère fut fondé en 1226 par Guillaume III, évêque de Paris, pour recevoir les pécheresses qui, pendant toute leur vie, avaient abusé de
leur corps, et à la fin étaient en mendicité. En peu
de temps, le nombre des pécheresses fut considérable. Saint Louis leur donna « quatre cents livres de
rente, pour elles « soustenir. »

Cette somme était insuffisante; les repenties durent
aller mendier par les rues :

> Les filles Dieu sevent bien dire :
> Du pain pour Jhesu, notre sire.

Le couvent fut détruit en 1793.

Le numéro 11 de la rue des Filles-Dieu était la
maison de supplice et d'arrêt de la Cour des miracles. Un usage voulait que les Filles-Dieu rendissent
visite aux criminels avant qu'ils partent pour être
exécutés à Montfaucon; en matière de consolation,
elles devaient leur porter trois morceaux de pain et
un verre de vin.

La rue des Filles-Dieu était la plus mal famée de
Paris; c'est sans doute pour cette raison qu'elle fut
choisie par le comité des femmes pour y établir, en
1848, au numéro 5, le *club de la femme libre*.

Il faut reconnaître que les « droits » réclamés par
certaines femmes de la République de 1886 sont bien
peu de chose en comparaison des exigences des
femmes de 1848. Cette circulaire en fait foi :

Paris, le 1er avril 1848.

Citoyenne,

Vous êtes priée d'assister à une de nos réunions du *Club de la femme libre*, où il sera discuté sur le droit des femmes. Le gouvernement a enfin décidé d'apporter une amélioration dans notre triste sort. Il faut en profiter et rompre les chaînes que nous portons depuis si longtemps, *il faut que nous puissions contenter les désirs que nous éprouvons* SI SOUVENT *à la vue d'un homme qui nous plaît et qui sait nous chausser ; enfin, que nous puissions goûter ce vrai bonheur dont nous sommes presque toujours privées et que nos maris ont la tyrannie de nous refuser.* Il faut, dis-je, que ce mot de mari ne se fasse plus entendre à nos oreilles et que ce ne soient plus des maris !

1° *Ils seront tout simplement le père de nos enfants.*

2° *Ils n'apporteront aucun obstacle à nos passions.*

3° Ils devront apporter dans l'intérieur de leur ménage une douceur de mœurs et une urbanité nécessaires au bien de la République.

4° Qu'ils ne puissent même donner leur voix dans aucune élection sans l'assentiment immédiat de leur épouse.

Dans ces opinions, citoyenne, nous pensons que vous voudrez bien vous joindre à nous, etc., etc..

Salut et fraternité,

MARIE DULONG.

. . . .

Théâtre de l'impasse de la Pompe. En tournant le dos à la colonne de Juillet, place de la Bastille, presque à l'entrée de la rue Saint-Antoine, à gauche d'où se trouvait la porte de ce nom construite en 1583 et démolie en 1778, la première rue que l'on rencontre est la rue Jacques-Cœur qui vient aboutir au boulevard Henri IV. Au numéro 226 de la rue Saint-Antoine, il existe actuellement un magasin de cordonnerie; ce magasin occupe l'emplacement du *cul-de-sac de la Pompe*. La pompe qui avait donné son nom à ce cul-de-sac n'était pas tout à fait en face. Sa place était derrière le comptoir du marchand de vin du numéro 228.

Cette pompe était banale; elle alimentait les tonneaux des Auvergnats quand le métier de porteur d'eau était florissant.

Dans la cuisine de ce marchand de vin, il reste une partie du mur de l'enceinte du Paris de Philippe-Auguste; on y voit encore la voussure d'une poterne qui conduisait à la prison de la Bastille; le mur de ronde existe encore derrière.

Il y a sous les caves du numéro 228 des souterrains très bas qui vont dans plusieurs directions et communiquent à des maisons voisines.

Dans le cul-de-sac de la Pompe, il existait un théâtre qui portait le nom du cul-de-sac; il était impossible de rien voir de plus étrange : le plancher de la scène était très élevé, mais en revanche le plafond était très bas et était soutenu par un poteau planté au milieu de la scène, ce qui lui donnait l'aspect d'une soupente. Les artistes qui y jouaient d'ordinaire étaient des bijoutiers, des graveurs et des ébénistes du faubourg Saint-Antoine. Le répertoire était composé de vaudevilles en un acte : *Le pauvre Jacques,*

La Tirelire, 99 *Moutons et un Champenois*, *Bruno le fileur*, *Renaudin de Caen* et *Zoé ou l'amant prêté*. Le théâtre fut longtemps éclairé à la chandelle, mais avec le progrès on y substitua des quinquets qui fumaient abominablement.

La curiosité de l'endroit était le concierge, le type du vieux savetier, invariablement coiffé d'un bonnet de coton bleu, ceint du tablier de cuir traditionnel, rapiécé en maints endroits. Il sortait du trou enfumé qui lui servait de logis, son tire-pied sous le bras et un morceau de poix dans une main. Chaque fois qu'il venait un spectateur étranger au quartier, il lui servait de guide et le renseignait ainsi :

— M'sieu, si vous voulez t'être bien placé pour voir la scène de Mlle Clémence et de M. Félix, faut n'aller vous mettre à côté du père Cotin, la clarinette. Du côté de la contrebasse vous r'cevriez des coups d'archet dans les yeux, et puis, si vous avez envie de dormir, vous pourrez vous appuyer la tête sur la scène comme les autres ; ah ! pis vous sereriez du côté du quinquet qui fuit. Ceux qui jouent au jor d'ojord'hui, c'est ceusse d'ici ; demain, ça s'ra p'être ben ceusse du Gros-Caillou ou de la Villette. Dites donc, y paraît qu'un de ces jours nous aurons Frédéric Dumaître, Melinge ou Bocace ; moi j'aimerais mieux Bouffé ou Gustave du Lazari. Vous riez ? Eh ben ! faut pas rire. Nous avons évus Talma et mam'selle Mars ! Pardon, j'vous quitte ; mam'zelle Clotilde m'a

5.

dit d'y monter un litre : a peut pas jamais jouer sans ça !

Le bonhomme s'en allait majestueusement en faisant des moulinets avec son tire-pied.

Il arrivait souvent que des artistes manquaient ; alors on faisait une annonce. Le public qui y était habitué criait en riant : Lisez les rôles ! Des spectateurs montaient sur la scène et prenaient la brochure, mais comme ils ne voyaient pas clair, ils s'approchaient de la rampe et lisaient en tenant d'une main une chandelle. Le spectacle se terminait parfois par des batailles auxquelles tout le monde se mêlait. C'était la jalousie qui en était le motif. Ces batailles prenaient des proportions terribles lorsque jouait une grande fille rouge comme une carotte. On l'avait surnommée *la Calcinée* à cause de la couleur de ses cheveux. Les voyous disaient d'elle : « Trois jours de plus dans le ventre de sa mère, elle était cuite ! » La bataille terminée, vainqueurs et vaincus s'en allaient, bras dessous, bras dessus, chez le marchand de vin du coin. Les blessés étaient pansés avec des litres. Tout en abreuvant le gosier des artistes, on les abreuvait de compliments.

— Ah ! j'sais pas si tu l'touche c'rôle-là... Et mamzelle Clémence, si a continue, elle rentrera sûrement aux Funambules.

On voit que les artistes n'étaient pas ambitieux.

Le théâtre du cul-de-sac de la Pompe fut fermé en

1850 et l'impasse disparut lors de l'alignement de la rue Saint-Antoine.

. . . .

Le théâtre de *Bobino* était situé rue Madame au coin de la rue de Fleurus où se trouve la maison de l'éditeur Abel Pilon.

Vers la fin de 1816, un nommé *Saix* dit *Bobineau* fit construire une baraque en planches; il faisait la parade à la porte monté sur des tréteaux; en peu de temps il obtint un énorme succès et prit place parmi les farceurs en renom; le pitre de la rive gauche faisait concurrence aux pitres de la rive droite; il dépassa d'un seul coup le *père Rousseau, Louis Borgne, Bobèche* et *Gallimafré, Gringalet,* etc. ; de 1818 à 1820, il était renommé comme faiseur de mots et de calembours.

Bobineau demandait à son compère :

— Toi qui est malin, sais-tu combien il fau- d'échelles pour monter au ciel?

— Ah ! par exemple, patron, celle-là elle est forte, je ne sais pas.

— Eh bien! imbécile, il n'en faut qu'une pourvu qu'elle soit assez longue !

— Et j'y ai monté, à preuve que j'y ai planté un clou dans la lune.

— Je le sais bien, puisque j'étais derrière pour le river !

— Vous qui connaissez tout, répliquait le compère, dites-moi qui a fait l'œuf ?

— Parbleu, c'est la poule.

— Qu'est-ce qui a fait la poule ?

— C'est le coq.

— Ah ! Eh bien, qui a fait le coq ?

— C'est le bon Dieu.

— Mais non, c'est le *charbon de terre !*

— Dis-moi, triple buse, toi qui prétends connaître l'astronomie, on parle toujours des pleines lunes ?

— Oui, patron, votre pantalon était déchiré l'autre jour, et...

— Et... quoi ?...

— Y a un pâtissier qui passait, il s'est mis à beugler : Ah ! *Bobineau* qui fait voir sa...

— Tais-toi, coquin.

— Je veux bien, mais vous qui êtes si fort en *astronomalie*, et qui parlez toujours des nouvelles lunes, savez-vous quoi qu'on fait des anciennes ?

— Mais, bête à lier, on n'en fait rien.....

— Mais si, patron, on en fait des comètes en leur z'y ajoutant une queue, et les plus mauvaises on les coupe par petits morceaux et on en fait des étoiles, c'est pour ça qui y a des étoiles dans tous les quartiers de la lune.

— Et dire que M. Arago était voisin de la gare de Sceaux et que c'est pour lui qu'un marchand de

pommes de terre, nommé Parmentier, a fait multi-
plier les *lentilles* !

Bobineau eut d'énormes obstacles à vaincre pour
élever son théâtre au rang de théâtre de vaudeville ;
primitivement, son spectacle était composé de danses
de corde, de pantomimes, de ballets comiques, de
combats au sabre, des artistes tenaient des dialogues
sur la corde.

En 1817, on défendit les danses de cordes avec ou
sans balancier ; en 1819, l'autorité leva l'interdiction
pour la supprimer à nouveau trois ans plus tard.

Les bourgeois de la rive gauche n'avaient pas perdu
le souvenir d'Arlequin qu'ils allaient voir à la foire
Saint-Germain, malgré que cette foire eût été supprimée depuis 1786, ils manifestèrent à *Bobineau* le
désir de revoir Arlequin, il s'empressa d'en engager
un qui devint très promptement célèbre ; quand la
situation était par trop embrouillée pour que le public
pût comprendre, on plantait un énorme écriteau sur
la scène qui expliquait l'action.

Bobineau, dans sa troupe, avait un Pierrot nommé
Blanchard, ce dernier devint ambitieux et voulut être
aussi directeur.

Il loua une grande boutique dans le cul-de-sac
Coquenard et y construisit un théâtre de marionnettes ; il confectionna tout seul ses décors, ses costumes, ses trucs, ses machines, très luxueusement.

Il redoutait les exigences des artistes, pour y

parer, il en fabriqua en bois ; son installation lui
coûta cinquante écus qu'il emprunta à un fruitier, il
espérait rembourser cette somme sur la recette, mais
le public vint lentement et les échéances trop vite ;
on expulsa le pauvre Blanchard et ses artistes furent
vendus à un bric-à-brac.

Après la Révolution de 1830, il vint prier *Bobineau*
de lui restituer son emploi de Pierrot, il y consentit
d'autant plus facilement que pendant la disparition
de Blanchard les recettes avaient été des plus mauvaises.

Au mois de février 1828, on concéda à *Bobineau*
de jouer des pantomimes à grand spectacle, des vaudevilles, des pièces comiques à quatre personnages
parlants.

En 1836, *Bobino* (1) joua de grandes pièces, vaudevilles, féeries et drames, un ancien hercule des
fêtes publiques y devint le grand premier rôle, il se
nommait Montdidier et créa plus tard le personnage
de *Montéclain* dans la *Closerie des Genêts* au théâtre
de l'Ambigu.

Le père Clairville s'était fait artiste, il était devenu
administrateur de *Bobino* ; son fils y débuta à l'âge
de dix ans, il y joua tous les genres, pères nobles,

---

(1) *Bobino* dans l'argot du voleur veut dire : *montre ;*
les étudiants en parlant de *Bobino* disaient : *Bobinche,
Bobinski;* malgré qu'à plusieurs reprises *Bobino* fût désigné
sur les affiches : *Théâtre du Luxembourg,* le sobriquet de
son fondateur survécut quoique tronqué.

comiques, et il est impossible de calculer le nombre de pièces et des revues de circonstance qu'il composa ; il écrivit une pièce en cinq actes qui avait pour titre : *la Vie de Napoléon* ; elle fut réduite en quatre actes et imprimée en 1830.

Les survivants des spectateurs bruyants d'alors, devenus de graves et austères magistrats, se souviennent-ils de ces couplets :

> Oui, je suis grisette,
> On voit ici-bas
>   Ah ! ah !
> Plus d'une coquette
> Qui ne me vaut pas.
> Je suis sans fortune,
> Je n'ai pas d'aïeux,
> Oui, mais je suis brune,
> Et j'ai les yeux bleus.

Et encore :

> Type charmant, grisette sémillante
> Au frais minois, sous un piquant bonnet,
> Où donc es-tu, gentille étudiante,
> Reine sans fard de nos bals sans apprêts?

A cette époque, il ne restait plus rien de la baraque de *Bobineau*, la salle avait été transformée plusieurs fois, à chaque changement de directeur.

Bobino fut successivement gouverné par Molé, ancien fondeur de caractères; Hippolyte Baudoin qui fut propriétaire du *Moniteur de l'Armée*, de Villeneuve, Anténor Joly, de Bully et Nestor Roqueplan ; ces divers directeurs améliorèrent la salle et exploitaient en même temps le *théâtre Saint-Antoine* qui, plus tard, changea son nom contre celui de *Beaumarchais* ; c'est au théâtre Saint-Antoine que Vautrain, l'émule et le rival de Frédérick Lemaître, fit courir tout Paris pour l'applaudir dans le *Chiffonnier*, pas celui de Félix Pyat.

Plus tard, nous trouvons Hostein à la tête de *Bobino*, puis, en 1846, Tournemine ; Colleuille lui succéda ; sous son règne, la décoration de la salle fut changée, le velours et les dorures semées à profusion, le répertoire changea également ; on y joua des pièces du Vaudeville, du Gymnase et du Palais-Royal.

Le public tint compte aux directeurs de leurs efforts, il afflua à *Bobino*.

M. Gaspari, l'ancien directeur pas chançard de Montmartre, Batignolles et Beaumarchais, prit la direction de *Bobino* en 1858 ; il voulut changer le nom en celui de *théâtre de Luxembourg*, mais l'habitude était prise, il ne réussit pas.

M. Gaspari y fit jouer d'excellentes pièces par une troupe d'ensemble de beaucoup de mérite.

Il faisait jouer aussi le répertoire des pièces tombées dans le domaine public, principalement celles de Duvert et Lauzanne.

Les frères Cognard écrivirent plusieurs pièces pour *Bobino*, entre autres *Madame Grégoire* qui eut un grand succès.

Mme Gaspari (Amélie Cavalier) était une actrice hors ligne, douée d'une grande sensibilité, elle avait tenu le grand emploi au Cirque, elle avait eu beaucoup de succès à la Gaîté dans l'*Aveugle*, elle était vraiment merveilleuse dans une *Mauvaise nuit est bientôt passée*; les anciens se souviennent de la manière admirable dont elle mourait dans le *Cordonnier de Crécy*, à Beaumarchais, Saint-Ernest en était émerveillé.

Les auteurs favoris de *Bobino* étaient Saint-Agnan, Choler, Paul de Kock, Edouard Plouvier, Paul Lascaux et Antonio Watripon, l'auteur du *Petit-Fils de Rabelais*.

Parmi les grands succès de *Bobino*, il faut citer : *Roule ta bosse*, *Cocher à Bobino*, *Paris qui danse*, *Tire toi d'la*, *V'lan, ça y est*, *la Servante maîtresse* de Paul de Kock, et enfin *Gare l'eau !*·

C'était tout un voyage de la rive droite à *Bobino*; on disait comme autrefois pour aller à l'Odéon : Je vais faire mon testament. Malgré cela, *Gare l'eau*, représenté en 1861, attira une foule énorme ; chaque soir les gommeux se donnaient rendez-vous à *Bobino* pour applaudir Armande Morel dans un quadrille fantaisiste intitulé : *le Cavalier seul*. Aspasie, la bouquetière du *Beuglant* de la rue Contrescarpe, ne pouvait suffire à confectionner des bouquets pour les artistes qui jouaient dans *Gare l'eau*.

La salle, pendant cette période, avait perdu sa

physionomie ordinaire. Pendant les entr'actes, on vendait les photographies de ces dames dans toutes les poses ; bien que la salle fût très petite, il y avait un grand nombre de spectateurs qui s'empilaient comme ils pouvaient, sans manger.

Les artistes étaient Détroges, Markais, Aurèle (le Colbrun de l'endroit), Dieudonné, Anatole et Alexandre Blocher ; ce dernier débuta dans *Monsieur Joconde;* M*me* Esther et M*me* Hortense Cavalier, la mère du fameux *Pipe-en-Bois;* c'était une jolie femme, une soubrette qui avait le diable au corps ; elle eut un succès extraordinaire en 1861 dans une revue de Charles Pottier.

Lambert Thiboust, étant très jeune, s'était jeté dans les coulisses de *Bobino,* et je crois bien un peu au delà — sur les planches. C'est dans ce théâtre que, pour son *bénéfice,* il tira la première fusée de ce feu d'artifice d'auteur dramatique qui dure encore.

Cette fusée en un acte n'incendia pas *Bobino,* mais elle l'égaya. Gil Perez était dans la salle ; il n'oublia pas cette fusée. A quelque temps de là, son propre *bénéfice* devait avoir lieu au Vaudeville ; il courut chez l'artificier, son ami, et lui demanda quelque chose en un acte.

Thiboust rougissait très visiblement ; Gil Perez comprit qu'il avait quelques manuscrits dans ses cartons, et vivement il s'y précipita.

— Laisse donc, s'écria Thiboust, rien n'est prêt..

A vrai dire, ajouta-t-il faiblement, j'ai l'étoffe d'un lever de rideau ; mais, depuis quelque temps, j'y casse toutes mes aiguilles.

— Qu'à cela ne tienne, reprit Gil Perez, je connais Clairville... il nous coudra ça ; sois debout demain matin à quatre heures, à cinq heures nous serons chez ton collaborateur.

Thiboust n'en croyait ni ses yeux ni ses oreilles. Un vaudevilliste travailler à cinq heures du matin !

— Après ça, fit-il, *les travaux de couture...*

Et se tournant vers Gil Perez :

— Compte sur moi. Je serai debout à quatre heures.

Pour plus de sûreté, il ne se coucha pas jusqu'à l'heure convenue, et dès cinq heures du matin, l'on alla chez Clairville, qui travaillait déjà.

Celui-ci prit l'étoffe, la trouva bonne et n'en changea que la coupe.

C'était *la Corde sensible !*

Le pauvre Lambert mourut le 9 juillet 1867.

Après des fortunes diverses, *Bobino* dut fermer ses portes en 1870. Sur son emplacement, il s'est établi un marchand de vin ; son enseigne représente la parade de *Bobineau* avec le pierrot Blanchard, son inséparable.

Un café-concert de la rue de la Gaîté (Montparnasse) avait pris pour enseigne : *Bobino* ; mais le nouveau directeur, M. Bourdeil, trouvant sans doute

ce nom trop écrasant, lui a substitué le nom de *Délassements-Comiques.*

. . . .

Parmi les théâtres disparus, il y aurait encore à
citer la *salle Saint-Laurent,* rue de la Fidélité, dont
Monréal et Blondeau firent longtemps les délices ; le
Théâtre-Comte ; la *salle de la Tour-d'Auvergne* (l'école
lyrique) ; le Théâtre de la rue de Thionville, aujour-
d'hui rue Dauphine ; le *Théâtre-Doyen,* rue Trans-
nonain, et la *salle Molière.*

Ces quatre derniers étaient des *théâtres de société.*
Le plus ancien était la *salle Molière ;* il était situé
dans un passage de la rue Saint-Martin, et servait
aux cours de déclamation qu'y faisait trois fois par
semaine un sociétaire de la Comédie - Française
nommé Saint-Aulaire ; les *artistes* étaient en général
des ouvriers, des commis du quartier, des grisettes et
des cocottes ; aucuns n'étaient appointés, mais pour
couvrir les frais de la salle, le directeur avait recours
à un ingénieux moyen.

Chacun des acteurs-élèves, participant à la représentation, versait d'avance une somme proportionnée
à l'importance du rôle qu'il devait remplir : un premier rôle, par exemple, versait quinze francs, un
amoureux dix francs, un traître cent sous.

Contre la remise de sa cotisation, chacun recevait
un certain nombre de billets qu'il plaçait parmi ses
amis.

Le directeur n'ouvrait pas de guichet, parce que le terrible préposé au droit des pauvres n'eût pas manqué de mettre son nez dans l'affaire ; pour y échapper, il déposait chez le concierge du passage les billets disponibles que les amateurs du quartier venaient acheter en cachette au prix de dix ou quinze sous.

Rachel joua au Théâtre-Molière, aînsi que d'autres artistes devenus célèbres.

Rachel, qui était à ses débuts d'une timidité excessive, eut un soir une velléité de révolte ; un voyou du paradis lui cria : « Plus haut ! plus haut ! » Elle répondit : « Et vous, plus bas ! » Cette réponse lui valut les applaudissements de la salle entière et la mise à la porte de l'interrupteur.

La salle aujourd'hui est louée aux entrepreneurs de réunions publiques ; les joyeux refrains et les francs éclats de rire de nos pères sont remplacés par les sottes déclamations des anarchistes et autres gueulards de même acabit.

Le *Théâtre-Comte* fut primitivement installé dans une cave de l'hôtel des Fermes, rue du Bouloi, où se trouve actuellement l'imprimerie Paul Dupont. En 1817, quand les Franconi abandonnèrent la *salle du Mont-Thabor,* ou ancien Cirque-Olympique, Comte prit leur place ; de là, il s'installa passage des Panoramas. Ce local devint insuffisant ; alors il alla au passage Choiseul, dans le théâtre des Bouffes actuel.

Au début, Comte, célèbre comme prestidigitateur et ventriloque, donnait des représentations de magie, de fantasmagorie et d'ombres chinoises; plus tard, lorsqu'il s'installa au passage des Panoramas, il obtint l'autorisation de composer une troupe d'enfants : on lui en permit trois seulement.

Hyacinthe, vers 1820, y débuta à l'âge de sept ans.

Comte obtint un énorme succès; il délaissa les pièces enfantines et joua des féeries, des pièces à costumes et à trucs et des opéras-comiques.

> Par les mœurs, le bon goût, modestement il brille,
> Et sans danger la mère y conduira sa fille...

Tout le monde se souvient du distique qui figurait sur les billets et sur les affiches :

Il paraît que ce distique n'était pas rigoureusement vrai, car il courut des histoires scandaleuses sur les jeunes actrices, à tel point que l'autorité interdit à Comte de prendre des enfants, et qu'il dut engager des artistes majeurs.

La morale y gagna-t-elle ?

Je n'en sais rien, mais le petit public déserta la salle Choiseul, et en 1855 le Théâtre-Comte disparut.

V

V

En 1265, le frère de saint Louis, Charles d'Anjou,
qui devint plus tard roi de Naples et de Sicile, donna
son nom à la rue du Roi-de-Sicile parce qu'il y habitait un palais ; en 1292 il passa aux mains de Charles
de Valois et des comtes d'Alençon ; le 26 mai 1390
le roi Charles VI accepta le palais en présent de
Pierre d'Alençon ; après la mort du roi Charles VI,
les rois de Navarre en devinrent propriétaires et plus
tard il appartint à la famille des comtes de Tancar-
ville ; en 1553 le cardinal de Meudon fit démolir le
palais, pour le faire reconstruire sur de nouveaux
plans, il fut achevé par le chancelier de Birague;
en 1583 l'hôtel qui remplaçait le palais fut acheté par

Antoine de Roquelaure qui le revendit à François d'Orléans de Longueville, comte de Saint-Paul, le comte de Chavigny en devint possesseur et en fit cadeau à sa fille lorsqu'elle épousa le duc de *Caumont-La Force*.

Sous la fin du règne de Louis XIV, *l'hôtel de la Force* fut divisé en deux parties, la plus petite prit le nom d'*Hôtel de Brienne*.

Ces deux hôtels eurent divers propriétaires de 1700 à 1754. A cette époque, M. d'Argenson l'acheta au nom du gouvernement pour y établir une école militaire ; ce projet ne fut pas mis à exécution, mais plus tard, on y établit le bureau des *saisies réelles* et des *vingtièmes*, puis la *ferme des cartes*.

Louis XVI, trouvant que les prisons du *Fort-l'Évêque* et du *Petit-Châtelet* étaient trop malsaines, acheta, le 23 août 1780, *l'hôtel de Brienne*, et par ordonnance royale du 30 août 1780 les deux hôtels réunis furent érigés en prison. *L'hôtel de la Grande-Force* avait son entrée principale rue du Roi-de-Sicile, n° 2. *L'hôtel de Brienne* qui prit le nom de la *Petite-Force* avait son entrée rue Pavée, cette entrée ne servait que pour les *paniers à salade* qui amenaient les prisonniers et pour le ravitaillement de la prison.

Aussitôt que Louis XVI eut rendu son ordonnance, les travaux commencèrent pour transformer l'hôtel en prison, et ce ne fut que e 10 janvier 1782 qu'on commença la translation des prisonniers, elle fut terminée le 19.

Jusque-là, les prisonniers détenus dans les prisons de la Seine étaient soumis aux caprices des geôliers et des concierges ; le 19 février 1782, le roi édita un règlement qui, sans être parfait, améliorait considérablement le sort des détenus et réglait les devoirs de chacun, prisonniers et gardiens.

La prison se divisait en huit cours et six départements.

Le premier était destiné aux employés, le second aux détenus pour n'avoir pas payé *les mois de nourrices* de leurs enfants, le troisième devait renfermer les détenus civils de toutes catégories, le quatrième les prisonniers de police, le cinquième les femmes publiques et le sixième les mendiants.

Chaque département était séparé par une solide cloison, mais communiquent entre eux par des portes munies de guichets gardées par des surveillants spéciaux.

Chaque chambre avait quatre lits ; dans le département de la dette, les chambres avaient des cheminées ; ces chambres étaient payantes. Les personnes trop pauvres pour les payer couchaient dans d'immenses dortoirs, sur des lits composés d'un matelas, d'un traversin et d'une couverture. Ces lits se relevaient pendant le jour.

Chaque département avait sa galerie couverte ;

dans chaque galerie, il y avait une fontaine. Ces galeries servaient de promenoirs pendant l'hiver et les
jours de pluie. Il existait en outre un chauffoir
commun pour les détenus pauvres et enfin deux
chapelles.

La *cour Charlemagne* était l'ancienne *cour de la
Dette*. C'était la seule possédant un petit jardin fermé
par un grillage en bois, la *cour de la Madeleine* était
l'ancienne *cour des Femmes*.

La *cour Sainte-Anne* était affectée aux prévenus ;
la *cour de la Providence*, où fut détenue la princesse
Lamballe, avait une fenêtre grillée donnant sur la rue
Pavée, elle existe encore aujourd'hui. La *cour Sainte-
Marie*, surnommée *cour des Mômes*, était destinée aux
enfants. La plus vaste salle était le *Grand-César*, elle
eut pour prévôt pendant très longtemps le célèbre Hurand, le roi des *charrieurs*, l'inventeur du
vol à l'américaine qui a été depuis admirablement
perfectionné et l'illustre Corberon, l'inventeur du
birlibibi que nous appelons aujourd'hui le *bonneteau*.

Hurand et Corberon étaient les Bénazet du *Grand-
César ;* ils avaient la ferme des jeux, ils louaient des
cartes horriblement grasses et tellement sales qu'on
ne distinguait les figures qu'à grand'peine, ils perce-
vaient pour cette location un sou par partie, la ca-
gnotte était très productive. Au sujet du partage, une
dispute s'éleva un jour entre Huraud et Corberon ;

uu duel au couteau fut résolu ; aussitôt les lits rangés tous les détenus formèrent le cercle autour des deux adversaires, ils n'avaient qu'un couteau pour deux, il fut convenu que chacun s'en servirait à son tour ; un sou fut jeté en l'air, Corberon fut le favorisé ; il sauta sur Hurand et lui plongea le couteau dans l'épaule. Ce dernier ne poussa pas un cri, un détenu ramassa le couteau et le donna à Hurand qui frappa à son tour. Ce duel féroce dura une grande demi-heure, et les deux adversaires, horriblement blessés, tombèrent épuisés par la perte de leur sang. Aucun surveillant n'avait entendu le bruit de la lutte.

A l'origine et pendant très longtemps, une certaine partie des détenus ne couchait pas dans des lits : ils couchaient dans des espèces de niches pratiquées dans la muraille, une botte de paille renouvelée chaque semaine leur servait de literie. On les nommait *les pailleux*. En 1844 il y en avait encore.

L'infirmerie était autrefois la salle de spectacle ; le salon d'attente qui, aux beaux jours de l'*hôtel de la Force*, était réservé aux grands personnages, était devenu la salle des galeux.

La *cour Saint-Bernard* avait été baptisée par les détenus *la fosse aux lions*. Impossible de rien imaginer de plus sinistre que cette cour. Elle était enclavée dans un chemin de ronde et était réservée aux prisonniers réputés pour être dangereux. On y trouvait la fine fleur de la haute pègre, les *chevaux de re-*

6.

tour (1), les *buteurs*, *chourineurs*, toute la crème des
assassins, *la fosse aux lions* formait un vaste quadrilatère fermé par de hautes murailles blanches percées
de fenêtres grillées. Sur les murs étaient inscrits ces
mots : *mort aux recoqueurs*. Au-dessous deux poi-
gnards grossièrement dessinés, et le classique *Monseigneur* entouré des *coins à fric frac* (outils pour
voler avec effraction.) Au sommet de l'un des angles
qui correspondait aux autres cours s'élevait une pile
carrée en maçonnerie qu'on nommait l'*as de carreau*,
elle avait pour but d'empêcher que les détenus ne
s'évadent en gravissant l'angle à l'aide des coudes et
des talons comme cela se pratiquait dans certaines
prisons ; à l'un des bouts de la cour se trouvait une
étroite porte-guichet ; à l'autre bout une grande salle
dallée, au milieu un calorifère entouré de bancs de
bois. Les prévenus ne portaient pas de costume, ce
qui donnait à l'ensemble un aspect des plus curieux.
Pour faire la police de la salle un des voleurs les plus
redoutés était choisi ; on le nommait le prévôt.

En dehors des prévôts, un gardien y était constamment en surveillance ; malgré la vigilance des gardiens,
en août 1843, treize prisonniers, tous repris de justice, tentèrent de s'évader. Cette évasion fut résolue,
à la veillée, autour du poêle, sans que le gardien s'en
doutât ; le fameux Chopart, le voleur des diamants

(1) Les *récidivistes*.

du musée de minéralogie, fut choisi pour diriger l'entreprise. Chopart, en allant prendre le bain de rigueur, avait *pigé* un *clavin*; il fit le *mijou*, le *drague* l'envoya au *castu*; là il combina le plan en parfaite tranquillité.

La *mousserie* (fosse d'aisance) venait d'être vidée; pendant dix jours ils l'agrandirent et creusèrent un boyau qui passait sous le chemin de ronde et aboutissait au mur extérieur. Mais ils calculèrent mal leur distance, car, en croyant se trouver dans la rue, ils aboutirent à la maison de bains qui faisait face à la prison et se trouvèrent dans une salle, sous une énorme dalle, sur laquelle était placé un immense poêle en faïence; entendant du bruit, une des bonnes cria et les prisonniers furent tous repris.

Malgré les plus actives investigations, il fut impossible de découvrir ce qu'ils avaient fait de la terre. Ils connaissaient sans doute le moyen employé par le célèbre baron de Trenck qui, lui aussi, fut un des pensionnaires de la Force.

Un jour, pour sortir de prison, de Trenck, en train de creuser une galerie souterraine et ne sachant comment faire disparaître l'énorme quantité de sable qu'il avait à en tirer, imagina de charger ses gardiens de cette besogne.

Il referma soigneusement son plancher à l'endroit

(1) *Pigé* un *clavin*, un clou; le *mijou*, faire le malade; le *drague*, le médecin; au *castu*, l'infirmerie.

qu'il creusait, en laissant dehors tout son sable, puis il fit un nouveau trou et, dans le silence de la nuit, il le creusa à grand bruit, couvrant de nouveau sable le sable ancien ; les gardiens entendant le vacarme qu'il faisait, accoururent aussitôt ; c'était ce que de Trenck attendait ; les gardiens, furieux, se précipitèrent sur lui et lui remirent ses fers, puis réparèrent le plancher après avoir bouché la fausse ouverture.

De Trenck ne s'était pas trompé dans ses prévisions ; les gardiens ne se rendirent pas compte de la disproportion qui existait entre le monceau de sable et l'ouverture, ils emportèrent le tout ; il se débarrassa à nouveau de ses fers et put s'évader.

Les gardiens de la Force, si vigilants qu'ils fussent, s'étaient adjoint deux énormes molosses chargés de les aider ; dès qu'un prisonnier était écroué, il était d'usage qu'ils le fissent flairer par les chiens. Quand l'heure du coucher était sonnée (on ne *bouclait* pas encore les prisonniers, à moins qu'ils ne fussent en punition en cellule), les chiens faisaient leur ronde dans tous les couloirs, ils aboyaient après les retardataires, les tiraient par leurs habits et les forçaient à rentrer ; ces deux chiens faisaient quatre fois par jour l'inspection des prisonniers et aboyaient violemment quand il en manquait ; puis ils les cherchaient jusqu'à ce qu'ils les aient trouvés.

Ces deux chiens étaient la terreur des prisonniers, terreur entretenue à dessein par les gardiens qui prétendaient que pas un homme au monde, fût-il fort comme Milon de Crotone, ne pourrait en venir à bout. Un détenu soutint le contraire et offrit de combattre l'un des chiens ; le maître de *Brutus* y consentit. Le combat eut lieu dans la cour Sainte-Anne, en présence de tous les détenus ; de nombreux paris furent engagés. Le chien, excité par son maître, saisit l'homme au collet, mais celui-ci le renversa et lui ouvrit la gueule en lui séparant les mâchoires avec une force étonnante ; il allait littéralement déchirer le chien, quand le maître s'interposa et avoua *Brutus* vaincu. A dater de ce jour, la légende de force et de férocité des chiens disparut et les gardiens ne purent plus compter sur leurs intelligents auxiliaires.

Le 10 mai 1785, la prison Saint-Martin, destinée aux filles publiques, fut supprimée ; les prisonnières furent transférées à leur nouvelle prison (l'hôtel de Brienne, en juin 1785 ; elles y restèrent jusqu'en 1829, époque à laquelle la petite Force fut réunie à la grande).

La prison de la Force compta dans sa première période une grande quantité de détenus, hommes et femmes, appartenant au monde. Grammont était acteur à la Comédie-Française, il doublait Larive ; c'était un piètre comédien. Il fut emprisonné à la Force sur l'ordre du duc de Duras parce qu'il était amoureux de Mlle Thénard et qu'il voulait la suivre dans ses voyages. Ce Grammont se jeta à corps perdu dans la Révolution; par la protection du boucher Legendre, il devint l'aide de camp de Ronsin. Ce fut lui qui, le 16 octobre, commandait les troupes qui formaient la haie sur le passage de la malheureuse Marie-Antoinette allant à l'échafaud; la conduite de ce misérable fut ignoble : il excitait le peuple à injurier la pauvre femme.

Grammont fut exécuté en compagnie de son fils en 1794.

Plus tard Mlle Théodore, la belle Rosalie, Vestrallard, le fils de Vestris, le célèbre danseur, le chevalier de Rhullières, Bertrand de Molleville, Mathon de la Varennes, Adam Lux, La Mothe, le mari de la fameuse héroïne du collier de la reine; Mme Marie-Thérèse-Louise de Savoie de Bourbon-Lamballe y fut emprisonnée le 3 septembre 1792 sur l'ordre du maire de Paris, Péthion.

Dans la nuit du 20 au 21 janvier 1792, le feu fut mis à la prison de la Force, mais il fut promptement éteint.

La prison de la Force fut celle où les massacres durèrent le plus longtemps, du 3 au 6 septembre; ils étaient présidés par quatre commissaires revêtus de leur écharpe : Monneuse, Dangers, Hébert et Lhuillier; divers auteurs y ajoutent Marino, James, Michonis et Leguillon. Ces commissaires, érigés en tribunal, siégeaient dans le greffe; l'abbé Bardy, détenu depuis trois ans et condamné deux fois à mort, pour avoir assassiné son frère et l'avoir ensuite coupé en morceaux et caché dans une malle, fut le premier massacré, après vint la princesse de Lamballe : son histoire est connue.

Les historiens ne sont pas d'accord sur le chiffre des victimes massacrées ; Barrière et Berville disent 1,386, l'abbé Barruel 600, Mathon de Varennes 167, Peltier 164, et enfin Barthélemy-Maurice 120.

A la grande Force, sur les registres, il n'y avait que 375 écroués. Or, comme le tribunal acquitta un certain nombre de prisonniers, il est impossible de préciser le chiffre.

Parmi les assassins les plus acharnés, l'histoire nous a conservé les noms du nègre *Delorme*, d'*Allaigre*, le garçon boucher, de *Grison,* qui coupa la tête à la princesse de Lamballe et alla ensuite chez un marchand de vin de la rue des Ballets ; il posa la tête sanglante sur le comptoir et força le garçon à lui servir à boire. Lorsqu'il fut ivre, il mit la tête au bout d'une pique et alla se promener dans les rues ; et enfin de *Charlot.*

Il est assez curieux de savoir ce que devinrent ces misérables.

Monneuse, ancien mercier, fut déporté par arrêté des consuls du 14 nivose an IX.

Dangers devint administrateur de la police et fut condamné à mort et exécuté le 29 prairial an II, comme complice de Ladmiral et de Cécile Renaud.

Hébert et *Lhuillier* furent guillotinés par ordre du tribunal révolutionnaire.

Delorme fut guillotiné, le 8 prairial, place de la Bastille, comme complice de l'assassinat du député Féraud.

Allaigre, compromis dans l'affaire Féraud, fut acquitté ; il mourut, en 1829, aux Bons-Pauvres de Bicêtre, où il avait été admis sur la recommandation d'un gentilhomme de l'entourage de Charles X,   .

Charlot fut massacré à l'armée par ses camarades.

Grison fut condamné à mort et exécuté en janvier 1797, à Troyes ; ce fut le seul des massacreurs qui fut condamné pour sa participation aux assassinats de septembre.

En octobre 1793, les soixante-treize signataires de la protestation des événements du 31 mai, furent écroués à la Force, en compagnie de Mercier.

La conspiration fameuse du général Malet se noua à la Force ; les généraux Lahorie et Guidal y étaient détenus. Le 23 octobre 1812, le général Malet, évadé de la maison de santé, faubourg Saint-Antoine, dans laquelle il était interné, vint à la Force délivrer Guidal et Lahorie, mais en retour il y fit incarcérer Savary, duc de Rovigo, Pasquier, le préfet de police, et Desmarets, chef de la première division de la préfecture de police, par le commissaire de police Boutreux.

Ces messieurs ne restèrent en prison que quelques heures ; ils furent délivrés par une compagnie de soldats sous les ordres de l'adjudant Laborde. Le général Malet fut fusillé dans la plaine de Grenelle le 29 octobre.

Cette aventure fit rire tout Paris aux dépens des trois fonctionnaires de la police qui s'étaient laissé pincer comme des conscrits, on appela le duc de Rovigo *duc de la Force* et la conspiration un *tour de force*.

Quelques années plus tard, les quatre sergents de la Rochelle, Bories, Pommier, Goubin et Raoulx furent conduits à la Force.

Béranger fut aussi pensionnaire de la Force ; il avait été condamné, le 10 décembre 1828, pour une chanson : *le Sacre de Charles le Simple*, à neuf mois de prison et dix mille francs d'amende. Il composa, étant détenu : *Trois Termes*, le *Feu des Prisonniers* et le *Juif errant*. Béranger subit sa peine dans une chambre dont la fenêtre donnait sur la cour Charlemagne.

A côté des personnages de marque que je viens d'énumérer rapidement, il passa à la Force un grand nombre de personnages *marqués*, presque tous les voleurs et les assassins célèbres dans les annales du crime.

Morey, le complice de Fieschi, le médecin Castaing, Contrafatto, Papavoine, Lacenaire, le sauvage Constans, Vidocq, Coco-Latour, R..., Chapon, etc., etc.

7

Papavoine, le tueur d'enfants, avait été commis de première classe dans la marine, à la résidence de Brest ; il avait fait plusieurs campagnes sur mer à bord de la *Néréïde*. Sa retraite liquidée, il prit la suite des affaires de son père, qui était établi marchand de drap. Il vint à Paris dans les premiers jours d'octobre 1828, pour négocier un marché avec un ministère. Le 10 octobre, un dimanche, il faisait un temps splendide ; ne sachant que faire, il alla se promener au Bois de Vincennes. Les promeneurs étaient très nombreux ; parmi ces derniers se trouvait une jeune femme semblant, d'après son costume, appartenir à la classe ouvrière aisée et qu'accompagnaient deux garçons, âgés, l'un de cinq ans, l'autre de six : c'était Mme Charlotte Hérin. Une autre femme, Mlle Malservait, se croisa avec ce groupe ; devant la demi-lune qui regarde le bois, elle s'arrêta, adressa quelques mots aux enfants, les caressa, puis continua sa route.

Papavoine, qui avait un instant contemplé cette scène, s'approcha de Mlle Malservait et lui demanda si elle connaissait les enfants qu'elle venait d'embrasser ; elle répondit que non et s'éloigna. Pendant ce temps Mme Hérin s'était enfoncée dans le bois par l'allée des Minimes ; après quelques ébats des deux petits garçons sur le sable des allées, quelques gouttes de pluie commencèrent à tomber, elle se dirigea vers un hangar afin de s'abriter ; tout à coup elle aperçut devant elle un homme d'une pâleur effrayante

qui d'une voix rauque lui cria : Votre promenade est
finie? Saisie de frayeur elle voulut se hâter, l'homme
alors s'approcha du plus jeune des deux enfants, le
frappa violemment, puis passant du côté de l'autre
enfant il le frappa également et s'éloigna en courant.

Mme Hérin qui n'avait pas vu la lame briller, ne
crut qu'à une agression brutale de quelque ivrogne,
mais aussitôt elle vit les deux pauvres petits s'affaisser
dans une mare de sang.

Ils étaient morts sur le coup.

Cet assassinat produisit une émotion indescriptible,
d'autant plus que l'instruction ne put en établir les
mobiles.

L'avocat de Papavoine plaida la folie momentanée,
il invoqua le témoignage du directeur *de la Force.* —
Ah ! messieurs les jurés, dit-il, vous n'avez point
oublié cette peinture si énergique que vous a faite à
l'audience d'hier le directeur de la prison où Papavoine était détenu ; vous n'avez point oublié ce qu'il
vous a dit de ces cheveux hérissés, de ces yeux sanglants et sortis de leur orbite, de ces narines gonflées
et prodigieusement ouvertes, de cette face tuméfiée et
livide, devant laquelle fuyaient les gardiens et les soldats, vous avez reconnu encore une fois l'homme de
l'allée des Minimes. Ah ! croyez-en l'expérience du
témoin, il vit au milieu des criminels ; leurs ruses ne
sauraient le surprendre ; pendant plus de quatre mois,

Papavoine a été confié à sa garde, il a suivi tous ses pas, recueilli toutes ses paroles, il l'a épié nuit et jour : Eh bien ! qu'a-t-il dit ?

J'ai douté d'abord, maintenant je suis entièrement convaincu que cet homme est sujet à des accès de folie furieuse.

Papavoine malgré cette brillante plaidoirie fut condamné à mort et exécuté.

M. R... était à la tête d'un important établissement industriel, c'était un homme d'une grande loyauté, sévère sur le point d'honneur et d'un caractère résolu, il avait un fils âgé de dix-huit ans, un mauvais sujet de la pire espèce.

Étant à sa maison de campagne, M. R... reçut un soir la visite d'un négociant auquel il remit une somme importante en présence de son fils ; il retint le négociant à dîner ; le soir, vers dix heures, ce dernier se retira pour regagner son domicile qui était proche ; il venait d'entrer dans un petit bois que la route traversait, lorsque soudainement un homme au visage noirci lui barra le passage et lui demanda la bourse ou la vie, en lui présentant les canons de deux pistolets ; le négociant eut d'abord la pensée de se défendre, car il était armé, mais croyant reconnaître le voleur, il lui jeta sa bourse, celui-ci la ramassa et se sauva rapidement.

Le lendemain dès l'aube, le négociant retourna chez M. R... et lui raconta ce qui s'était passé : —

L'accent, la tournure, et ce que j'ai pu voir des traits
du voleur, malgré la teinte noire dont il s'était couvert, m'ont donné la certitude que c'était votre fils,
lui dit-il. Nous allons nous en assurer, dit le père
atterré. Venez !

Muni d'une lanterne sourde, ils se dirigèrent vers
la chambre du fils qui dormait profondément, le père
promena autour de lui les rayons de la lanterne et
découvrit une serviette souillée de taches noires, deux
pistolets et la bourse du négociant mal cachée sous
l'oreiller... Et il dort, dit à voix basse le père ! dont les
yeux brillaient d'une façon étrange ! puis d'un geste il
saisit l'un des pistolets et avant que le négociant ait
pu soupçonner son dessein, il le déchargea à bout
portant dans l'oreille de son fils.

M. R... fut arrêté et conduit à la Force, mais grâce
à de hautes influences, cette affaire fut étouffée et ne
transpira pas dans le public.

Vidocq, après son évasion du bagne de Toulon, fut
transféré à *la Force* puis de là à Bicêtre ; il eut l'idée
d'écrire à M. Henry, le bras droit de M. Pasquier,
préfet de police, pour lui faire des propositions.
M. Pasquier accepta ; il fut ramené à *la Force* où il
arriva précédé de sa grande renommée, il y fut écroué
sous la prévention d'assassinat. Loin d'y être suspect, le
crime dont on l'accusait, le fit devenir un objet de
respect pour ses co-détenus, il devint donc un protecteur puissant ; tous les condamnés, loin de se douter

qu'il était *mouton* (1), lui faisaient leurs confidences, il *moutonna* vingt-deux mois ; de concert avec la police, il s'évada ; à *la Fosse-aux-Lions* on célébra son évasion comme un triomphe, par la suite il devint chef de la sûreté, et les voleurs le surnommaient *l'Ange malin.*

A Vidocq succéda *Coco-Lacour*, dont le vrai nom était Lacour Barthélemy. Lacour débuta à *la Force* à l'âge de 11 ans, le 9 ventôse an IX, comme voleur.

Mis en liberté, il y fut écroué à nouveau le 11 prairial, et enfin il fut condamné à deux ans de prison pour vols le 18 janvier 1810. Il subit sa peine à la Force.

Vidocq raconta quelque part qu'on soupçonnait plusieurs voleurs de jouer le rôle de *mouton*, qu'il se fit caution pour un jeune homme qu'on accusait d'avoir servi la police en qualité d'agent, on prétendait qu'il avait été à la solde de l'inspecteur général Veyrat, qu'allant au rapport chez ce chef, il avait volé le panier à l'argenterie ; voler chez l'inspecteur c'était bien, mais aller au rapport !

Coco-Lacour qui *moutonnait* était menacé par tous les prisonniers ; chassé, rebuté, maltraité, il demanda protection à Vidocq pour ne pas être assommé, Vidocq

---

(1) *Mouton* qui veut dire dans l'argot des voleurs : *dénoncer*, se dit de différentes manières : *musicien, manger le morceau, casser du sucre, casserole, remuer la casserole, se mettre à table.*

le couvrit de sa protection. Coco, pour le remercier lui fit des confidences, Vidocq s'en servit pour le faire condamner à deux ans de prison.

Coco se vengea en prenant la place à Vidocq.

Un *musicien* célèbre fut Gournin, le fondateur des Banques d'Escompte populaires ; il avait été condamné par la cour d'assises de la Seine à sept ans de galères, il fut gracié en raison des services qu'il rendit à la police ; au sortir de prison, Gournin entra, sous un nom d'emprunt, dans une administration publique. Reconnu il fut dénoncé et expédié à Cayenne; il s'évada, passa en Amérique, prit du service dans l'armée de Juarez, et fut tué en 1866, dans une rencontre qui eut lieu aux environs de Mexico.

Les condamnés ou les prévenus détenus dans les autres cours s'avertissaient mutuellement quand ils savaient qu'un prisonnier s'était *mis à table,* ils correspondaient d'une cour à une autre au moyen du *postillon.*

Le *postillon* était une boulette de mie de pain laquelle contenait dans le milieu un billet ; cette boulette était lancée dans la cour ou étaient les prisonniers que l'on voulait prévenir, le *postillon* aussitôt ramassé et ouvert était collé à la muraille.

Lacenaire faillit bien grâce à ce système de correspondance ne pas porter sa tête sur l'échafaud. Arrêté après l'assassinat commis au *Cheval-Blanc,* sur la veuve Chardon et son fils, il fut écroué à la

Force, à la *Fosse-aux-Lions* ; un jour un *postillon* lancé de la cour de la Madeleine contenait cet avis :

« Avril descendu de Bicêtre sur les *confessions* de « Lacenaire en avertit les amis. »

Aussitôt cet avis affiché les prisonniers entourèrent le célèbre assassin et sans l'intervention des gardiens il eût été tué sans pitié.

La *musique* de la Force compta un moment dans ses rangs Saurin dit *la Grille*, le roi des *chanteurs*.

Son histoire est des plus curieuses.

Saurin s'était de lui-même institué le quarante-neuvième commissaire de police de la ville de Paris, il habitait l'*allée des Veuves*, célèbre encore aujourd'hui dans un certain monde qui y vont *ramasser des marrons*.

Saurin était un anti-physique de très grande réputation, il spéculait sur les vices des Germiny de l'époque, *sodomistes, tantes* ou *chattes*, il avait trois ou quatre complices très experts pour reconnaître du premier coup d'œil ceux qui *en étaient* et qui fréquentaient l'Allée des Veuves pour trouver des clients, soit comme *actif*, soit comme *passif*.

Les faux agents constataient le flagrant délit, ils arrêtaient les coupables et les emmenaient devant le faux commissaire, prévenu par un compère ; une lanterne rouge était pendant quelques minutes arborée à l'extérieur ; ils entraient dans le soi-disant bureau ;

à peine étaient-ils introduits en présence de Saurin,
que celui-ci, en cravate blanche, habit noir, ceint de
l'écharpe traditionnelle, s'écriait d'un air indigné :

— Comment encore un de ces misérables ?

Les faux agents déposaient qu'ils avaient vu le flagrant délit, la *Grille* dressait son procès-verbal et
ordonnait qu'on conduisît l'homme au Dépôt, puis se
retirait majestueusement.

Aussitôt le *chantage* commençait ; les complices
insinuaient au *bourgeois* que le commissaire pourrait
peut-être se laisser fléchir, qu'il étoufferait volontiers
l'affaire, le bourgeois saisissait avec empressement
cette planche de salut, il offrait tout ce qu'il avait sur
lui, sa montre, sa bourse, ses bijoux, ensuite il était
mis en liberté ; ce n'est pas tout, Saurin faisait passer dans une pièce voisine le *Chouard* et lui et ses
complices se livraient gratuitement à une orgie des
plus dégoûtantes.

L'assassinat de l'Anglais de la rue de Londres
éveilla les soupçons de la police sur Saurin dit *la
Grille* : il fut arrêté et incarcéré dans *la Fosse-aux-
Lions*, mais Saurin menaça de se *mettre à table* et de
donner les noms des grands personnages qui avaient
passé dans son officine ; alors, de crainte d'un trop
grand scandale, il fut expulsé de Paris et toute sa
fortune acquise dans cet odieux métier lui fut con-
fisquée.

Saurin mourut misérable vers 1867.

7.

De 1835 à 1850 une bande jetait la terreur dans
Paris, alors le canal Saint-Martin qui part de la Bastille pour aboutir à la Villette n'était pas couvert, des
deux côtés il était bordé de terrains vagues, de chan-
tiers de pierres et de charbons, des chaînes reliant
des bornes de distance en distance en fermaient l'accès ; pendant cette période, tous les jours, on repê-
chait plusieurs cadavres, ce passage était si mal famé
que l'hiver, passé sept heures, personne n'osait s'y
aventurer, les patrouilles elles-mêmes fuyaient ces
dangereux parages.

La bande qui opérait dans ce quartier se nommait
les *dessaleurs* ; jeter un homme ou une femme à l'eau
était pour ces gredins chose ordinaire, ils appelaient
cela : *dessaler un saint.*

Les dessaleurs barbotaient les gens, puis ensuite
les jetaient dans le canal, ils les repêchaient le lendemain et touchaient la prime de quinze francs ; les plus
célèbres furent Fournier dit *Queue de bœuf* et son
associé Topaze dit la *Sardine.* Aujourd'hui la bande
des *dessaleurs* a fait place aux *Truqueurs de machabés.*

Quand les voleurs sortaient de prison autrefois
comme aujourd'hui, ils avaient leur lieu de rendez-
vous ; à cette époque (1840) ils se réunissaient à la
Fosse-aux-Lions, près de la Tombe-Issoire (rue Ca-
banis). Tous les *tire-laine,* les *escarpes,* les *cambrio-
leurs,* les *fourlines* s'y rencontraient ; c'était là
qu'existaient les *chevaliers du Bidet,* ou de la *Bécas-*

sine, connus plus vulgairement sous le nom de *pince monseigneur*. Lacenaire et Avril y allaient souvent, Poulmann qui, sur l'échafaud cria au bourreau : cordon s'il vous plaît, était un habitué ; ces dames les *marmites* quand elles étaient jeunes, *casseroles fêlées* quand elles étaient sur le déclin, *poêlons sans queue* quand elles étaient vieilles ne chômaient pas.

La légende nous a conservé quelques noms des habitants de la *Fosse-aux-Lions*, Marton dit *Marron sculpté*, Mariton Pierre dit *Pépé Boule de suif*, Ferlin Jean dit *Pas d'chance*, Alizor Louis dit le *Frileux*, Blangé dit le *Gros Adolphe*, Martin Jules dit *Plein d'puces*, Legris dit *Boule rouge*, Bidois Pierre dit *d'Artagnan*, Dubort Julien dit *Mort au vin ;* ce dernier mérite une mention spéciale, il était né à Champigny, c'était plutôt un mendiant, un vagabond, qu'un voleur dangereux ; il avait un appétit insatiable, on lui mettait deux pains de quatre livres dans un seau de bois plein d'eau, en un quart d'heure il mangeait tout, une demi-heure après il avait encore faim. Cet homme mangeait tout ce qu'on lui présentait fussent les détritus les plus ignobles, il avait des dents d'acier, il pariait pour un litre de vin de manger un verre à bière, et il le mangeait, il paria un jour qu'il mangerait un poêle en faïence, chose invraisemblable il le mangea en deux jours, il a déclaré n'avoir rien trouvé de plus mauvais à manger que des hannetons et du crottin de cheval.

Tout ce que l'on peut imaginer de plus révoltant
lui était passé par le gosier. Il mourut en 1837 après
avoir mangé un chien enragé dans le bois de Vincennes, il avait à peine trente-quatre ans.

Les braconniers fréquentaient aussi la *Fosse-aux-*
Lions, on se souvient encore à Vincennes de l'assassinat d'un garde qui eut lieu vers 1835 dans des cir-
constances effroyables, un nommé Brannon qui bra-
connait avec un fusil à vent, décharge deux coups de
son arme en pleine figure et un dans le bas-ventre du
malheureux garde-chasse. Brancion fut exécuté place
Saint-Jacques.

Le côté des femmes était plus immonde encore
que celui des hommes. La reine était la fille d'un boulanger de Picardie, Françoise *la Chelingoteuse* (1);
Charlotte Midon, dite *madame Titi*, son amant était
un joueur de *tirelibibi* (aujourd'hui on dit bonneteau),
il se nommait *Toto*, et fut compromis dans une affaire de vol qui eut lieu à *la Rose*, rue de la Calandre,
dans la Cité, et mourut à la Force en 1844. *La Rose*
était une maison de tolérance qui jouissait d'une grande
célébrité dans le monde de la *Pègre;* venaient ensuite : Louise *la Miteuse*, Sidonie Gérard, dite *Mon*
homme, Lisa Beaupertuis, dite *la Souris*, Sophie Vi-
not, dite *la Papavoine*, Anastasie Tumet, dite *la*
Trouillotte, et enfin Philippine Gourbert, dite *Mort*

(1) *Chelingotter*, puer; *trouilloter*, de même; *marotte*,
chanter dans un argot spécial.

aux gendarmes, et Aglaé Cutreux, dite *la Chaufferette*.

L'enfant chéri de tous ces coquins se nommait
Alphonse Bégin, dit *le Chanteur;* il avait une fort
belle voix, mais quel répertoire! Quand il arrivait, on
lui livrait sa place si elle était prise; c'était l'enfon-
cement d'une fenêtre pris dans l'épaisseur du mur ;
il s'asseyait là, une jambe sur la fenêtre, l'autre pen-
dante, il appuyait le long du mur sa tête brune, aux
longs cheveux, coiffé d'une casquette à la Buridan et
attendait son tour de *marotte;* toute la salle alors
criait d'une seule voix : Allons-y, Bégin, vide ton
guindal (verre) et pousse-nous-en une... y a pas d'af-
front. Alors il entonnait la chanson suivante, les yeux
presque extasiés :

ROMANCE DU PÈGRE

AIR : *Du rondeau des deux Maîtresses.*

Pègres et *barbots,* rappliquez au sauvage,
Et sans *traquer,* livrez-vous au plaisir,
On aurait tort de vouloir être sage,
Puis qu'après tout on sait qu'il faut *raidir.*
Sachez, *Gouapeurs* (1), que toute la *fourline,*
A rigoler passe la *sorgue* ici;
Le *rupin* même a l'*trac* de la famine,

(1) *Pègres, barbots,* voleurs; *traquer,* peur; *raidir,* mourir; *gouapeurs,* paresseux.

Nous la bravons tous les jours, dieu merci!
       Si quelque *Pante*,
       Se glisse et entre,
       Et se permet,
     Chez nous de faire le *Pet*,
     On l'*saigne*, on l'*frotte*,
       Et c'est fini par là.
S'il se *cavale* et *jacte* dans la rue,
Pour ameuter tous les *daims* contre nous,
De son *Grib'loge* loin d'avoir l'âme émue,
Par la *venterne* nous les engueulons tous.
       Mais si la *grive* (1)
       Parfois arrive
       Pour nous *servir*,
     Nous *suivre* ou nous *courir*
       Contr' la *camarde*,
       Toujours en garde,
       On a bien soin
       De jouer du *surin*.
On n'les *but'* plus, car c'est un mauvais *flanche*,
Y en a toujours qui sont *paumés-marrons*,
Mais sans *r'niffler* pour eux, on fait la *manche*,
On leur envoie le *pagne* au *violon*.
       A la *cigogne*,
       Vin de Bourgogne,
       Crigne et *larton*,
     Tout *rapplique* à foison.
       Il ne leur manque,
       Etant en *planque*,
       Pour bien jouir,
     Que le droit de sortir.
Vient l'heure fatale ousqu'on monte sur la *planche*

(1) *Fourline*, voleurs ou meurtriers; *sorgue*, la nuit; *rupin*, riche; *pante*, bourgeois; le *pet* du tapage; *saigner*, tuer; *frotter*, battre; *cavale*, se sauve; *jacte*, crier; *grib'loge*, plaintes; *venterne*, fenêtre; *grive*, les soldats.

Où le *bécheur* commence à *jaspiner* (1),
Avec son air, ses mognons sur la hanche,
Dirait-on pas qui va vous avaler.
      Rien qu'à l'entendre,
      Pour vous faire pendre,
      Il le dit bien,
    Et le prouve très bien.
      Car on peut dire
      Que ce vampire,
      Serait fâché
Qu'vous n'soyez pas *fauché*.
Pèr' du *Gerbier* qui veut que tout s'explique,
Dit en *carant* sa *frime* dans son *blavoir* :
Assez causé, *bécheur*, pose ta *chique*,
C'est au *parrain* à tenir le *crachoir*.
      Le *parrain* lâche,
      Il pète et crache
      Un vieux cure-dent
    Qu'il avait dans les dents.
      Puis il commence
      Sa défense,
      Et dit vraiment
L'coupable est innocent.
Il se lamente au moins pendant une heure,
Sur votre sort il s'apitoie beaucoup,
Il est ému, s'il le faut même il pleure,
Faut *lansquiner* pour leur *monter le coup*.
      Le *parrain fargue*,
      Le *bécheur défargue*,
      Mais on sait qu'tous
Les *gerbiers* sont *marlous*.

(1) *Servir*, arrêter; *courir*, s'enfuir; *camarde*, la mort;
surin, couteau; *butter*, assassiner; *flanche*, affaire; *paumer-marron*, flagrant délit; *r'niffler*, n'avoir pas peur; *manche*,
quêter; *pagne*, provision; *violon*, poste; *cigogne*, cantine;
crigne, viande; *larton*, pain; *planque*, prison; *planche*,
banc des accusés; *bécheur*, avocat général; *jaspiner*, parler.

Pour votre *nière* (1),
On a beau faire,
Tout est *flanché*,
Et vous êtes *gerbé*.
On vous transfère à la *corcifé*,
Où votre sort pourrait être adouci,
On s'en va faire un tour à *Tunobé*,
De *Tunobé* on rapplique à Poissy.
Là pas de *noce*,
Car *la détoce*
Vous met si bas,
Qu'on ne *béquille* pas.
Chacun travaille,
Tresse de la paille,
Fait de s chausson
Et des moules de boutons.
Quand on a bien *billanché* pour son compte,
On *défourage* et *renquille* à *Pantin*
L'long du *trimard béquillant* son décompte,
De gueule en gueule on *pique* son refrain (2).

Cette chanson est une des plus anodines de ce conservatoire de gredins. A Bégin succédait *la Chelingoleuse :*

Jadis pour fille la plus *chouette* des *catins*,
Tous les *megs* se mettaient en *planque,*

(1) *Fauché*, guillotiné; *gerbier*, président de la cour; *carant*, cacher; *frime*, figure; *blavoir*, mouchoir; *bécheur*, avocat général; *chique*, tais-toi; *parrain*, avocat d'office; *crachoir*, parler; *lansquiner*, pleurer; *monter le coup*, tromper; *farguer*, rougir; *défarguer*, blêmir; *marlous*, rusé; *nière*, homme.
(2) *Flanché*, perdu; *gerbé*, condamné; *corcifé*, Concier-

C'qui lui valait *l'flac* dont *casquaient* les *rupins*.
    Sans les *grinchir* ni *d'truc*, ni *d'banque*.
Ses deux beaux *chasses* vous *rembroquaient*
Puis à la *piaule* tous les *gonces rappliquaient*.
        Elle fit même *casquer* les *marlous*,
    C'était du sucre à trente-deux sous (1).

Je ne puis citer que ce couplet, tant les autres sont
orduriers; mais il suffira, je pense, pour indiquer ce
que valaient ces aimables citoyens.

L'aspect de la Force était des plus tristes, les rues
qui y donnaient accès étaient plus tristes encore, les
bâtiments formaient une masse compacte, sans har-
monie, cela tenait à ce que depuis 1780 de nouveaux
bâtiments avaient été ajoutés pour les besoins du service, sans souci de garder à l'hôtel son cachet
primitif.

Les bâtiments étaient hauts de trois étages; sur
quatre fenêtres de façades deux fenêtres seulement
étaient grillées, les autres étaient fermées par des
planches en forme de hottes, de façon à ce que le

---

gerie; *tunobé*, la Force, ces deux expressions ne figurent
pas dans les meilleurs dictionnaires d'argot, où l'on ne
trouve que *tuneçon*, prison; *détoce*, misère; *béquiller*, manger; *billanché*, payer; *défourage*, courir; *renquiller*, rentrer; *Pantin*, Paris; *trimard*, chemin: *pique*, chanter.

(1) *Chouette*, belle; *catin*, fille; *megs*, maître, roi; *planque*, poser; *flac*, sac à argent; *casquer*, payer; *rupin*, riche;
grinchir, voler; *truc*, *banque*, promesse faite; *chasses*, yeux;
rembroquer, regarder; *piaule*, la maison; *gonces*, hommes
faciles à plumer; *marlous*, rusé.

détenu ne vît que la lumière du ciel; la porte du milieu était solidement grillée et précédée d'une voûte.

A la prison de la Force le travail n'était pas obligatoire, néanmoins il y avait quelques ateliers où les prévenus travaillaient pour des entrepreneurs afin de gagner quelques sous pour améliorer leur situation.

Le tabac était rigoureusement défendu, et pour les prisonniers cette privation était une peine terrible ; aussi tous les moyens étaient mis en œuvre pour se procurer la précieuse plante.

Le moyen le plus communément usité était celui-ci. Un *ancien* se mettait en rapport avec un gardien; il lui donnait la somme voulue, quelquefois vingt francs; le gardien sortait, lorsque son jour arrivait, achetait du tabac et le déposait en un endroit convenu à l'avance, dans les lieux généralement; le détenu, qui guettait le moment favorable, accourait aussitôt et cachait sa provision sous sa veste.

Alors s'établissait le marché, et en moins de vingt minutes le kilogramme de tabac à chiquer était distribué, non seulement dans une cour, mais par toute la prison malgré la plus active surveillance.

Comme les prisonniers n'avaient ni balance, ni instruments pour mesurer ni peser, ils avaient imaginé des mesures de convention.

Un *nœud*, un *pouce* et un *pied*.

Le *nœud* valait communément un *système;* on ap

pelait *système* un morceau de lard, une ration de lait ou une bonde (fromage Bondon).

Le *pouce*, mesuré sur la première phalange, n'avait pas de valeur fixe, cela dépendait de l'âpreté du gardien, qui ne rendait jamais de monnaie aux détenus.

Le *pied*, mesuré sur un carreau du sol de la prison, se négociait de même, mais comme le *pouce*, en nourriture.

La transmission des morceaux de tabac se faisait par des intermédiaires, et le prix en nourriture de même; le vendeur ne connaissait pas son acheteur, malgré cela la convention s'exécutait loyalement.

Il existait une chanson célèbre dans la prison qui prouve à merveille la passion du prisonnier pour le tabac; elle se transmettait par la tradition et se chante encore :

> Pour du tabac, disait un *pègre,*
> Et pour trois pouces de *saint-père,*
> J'ai *basardé* ma *viande* hier,
> Et j'ai *turbiné* comme un nègre.
> Pour un petit bout de *boutord,*
> Je vends ma *bonde* et mon pain même,
> Et bourreau de mon pauvre corps
> Je suis doublement au *système.*
> Pour du tabac, pour du tabac.
>
> Pour du tabac, à la cantine,
> Je fais *marquer gilet et bas,*

Et quoique *l'frisquet* vienne, hélas!
Aux *carcagnots* je les destine.
Comme un vrai *pante* je suis *bon*.
D'toutes mes *frusques* j'fais l'commerce.
Et tout l'hiver comme un *bibon*,
On m'entendra tousser, dieu *merce*.
Pour du tabac, pour du tabac.

Pour du tabac, combien de *môme*,
Les plus *crosseurs* et les plus beaux,
Ont tour à tour baissé le dos,
Tout en voulant passer pour homme.
Après m'en être bien moqué,
J'en dirai autant sur mon *orgue*,
Que le *saint domingue soit bloqué*.
Oui, l'on m'appellera *madame*,
Pour du tabac, pour du tabac.

Pour du tabac dans la *raffale*,
Je m'enfonce de plus en plus,
Je ne dors plus, je ne mange plus,
Et j'sens mon estomac qui s'*cavale*.
A l'infirmerie je le sens,
J'irai *calancher* comme un *nière*,
Et pourrir aux *quatre-arpents*.
Puis l'on inscrira sur ma pierre :
Pour du tabac, pour du tabac (1).

Une ordonnance du 17 décembre 1840 prescrivit
la construction d'une nouvelle prison, boulevard

(1) *Pègre*, voleur ; *saint-père*, tabac à fumer ; *basardé*,
vendu ; *turbiné*, travailler ; *boutord*, tabac à chiquer ; *bonde*,
fromage ; *système*, portion ; *carcagnots*, usurier ; *pante*,
bourgeois ; *frusques*, vêtements ; *merce*, merci ; *crosseur*,

Mazas, pour remplacer la Force; en 1845, la Force contenait encore 562 prisonniers.

La Force fut démolie en 1850, et la rue Malher a été construite sur l'emplacement qu'elle occupait; on voit encore, dans les caves d'un charbonnier, les vestiges de l'ancien hôtel.

malin; *orgue,* moi; *madame,* ne peut s'expliquer; *raffale,* au plus bas; *cavale,* s'en va; *calancher,* mourir; *quatre arpents,* cimetière.

VI

VI

Charles Camus, le bâtonniste, était peintre sur éventails, il était de la force du fameux Pradier, le *Toulousain*. Il apparut, pour la première fois, sur la place publique en juillet 1846. Il maniait les cannes avec une dextérité merveilleuse ; avant de commencer ses exercices, il installait son matériel, une chaise !

Il traçait à la craie un rond sur le sol, place Charlot ; il appelait l'intérieur de ce cercle sa salle de spectacle ; puis, il disait aux gamins qui l'entouraient :

— Tâchez de ne pas marcher sur le bord de la galerie, tas de graines de culottes, ou je vous envoie...

cracher dans l'armoire où vous mettez vot'-pain !

Très bon dessinateur, il faisait au milieu de sa salle deux palmes croisées et écrivait son nom en belle cursive ; pendant les préliminaires la foule s'amassait ; quand elle était compacte : Attention ! disait-il, travail avec une canne seule... parce qu'il n'y en a pas deux... Pour faire ce travail il est nécessaire d'avoir des mains, ce qui facilite beaucoup... Avec deux cannes... Ces demoiselles vont travailler en société... de la main droite et de la main gauche... La troisième, qui est restée là, c'est mademoiselle Joséphine. Nous allons prier une ces demoiselles de l'inviter au bal. Allons, venez mademoiselle José phine, ne faisons pas de boulettes ; tournez, tournez, nom d'un coton... Ah ! paf, v'la la main gauche qui fait des bêtises... Il y a des moments comme ça... Mesdames et messieurs, ou la main gauche n'est pas *à droite*, avec quatre cannes à la fois, et puis nous continuerons par le *Tic tac du moulin*, se *friser* avec une canne, ou la désolation de messieurs les coiffeurs, avec trois cannes, ceci n'a aucun rapport avec les trois cannes qui vont aux champs, comme dit la chanson. Ah ! j'sais l'couplet, ma grand'mère me l'a appris entre deux mêlés-cassis ; sans que les cannes s'arrêtent, je vais vous le moduler :

> Quand trois cannes s'en vont aux champs,
> La première est par devant,
> La première n'est pas la dernière,

La dernière n'est pas la première.
Quand trois cannes s'en vont aux champs,
La première est par devant.

Les paroles sont d'un académicien qui occupe le 41ᵉ fauteuil.

Voici le moment de se montrer, ne nous *se* cachons pas. Avant de passer à d'autres exercices, je vais faire un bien beau tour... Ce n'est pas le tour du monde... Suivez bien le tour de ma canne, vous voyez cet objet en cuivre ?...Là... là... ce n'est pas moi, mademoiselle, qu'il faut regarder ; je sais que je suis beau... mais ça ne se mange pas en salade... C'est là... là... qu'est le plus beau tour... Quand ça sera plein, je commencerai de suite... Il ne tient que pour 500 francs de sous..... Merci... mademoiselle, n'en faut plus que 499... N'ayez pas peur, je r'çois les pièces du pape... et les sous de Pharamond... Merci, monsieur... Ah ! c'est un mâle... j'aurai honte de l'mettre dans le plateau... tenez je l'place sur le bout de mon soulier. Paf, en l'air... J'ouvre ma poche, disparu ! Voici le premier principe pour serrer son argent... Voyons, messieurs, un peu de courage... protégez les arts... Tenez, messieurs... Ah ! ça tombe... Merci, mon vieux Gâte-Sauce... c'est encore un mâle... Vous avez droit aux stalles d'orchestre ; digne émule de Vatel... Le deuxième principe... partez, muscade... par-dessus la tête... Attendez que j'essuie mes lunettes, pour ça il faut avoir le coup d'œil juste...

Vous regardez fixement la colonne de Juillet, et vous
êtes sûr que vous voyez ce qui se passe au Louvre,
même en tournant l'dos.

Le décime partait en arrière et venait s'engouffrer
dans la poche de son gilet.

.... Ecoutez, mesdames et messieurs. les dames
d'abord, et les messieurs par-dessus. Je vais prendre
le plat de la main droite... quand elle sera fatiguée
nous prendrons la gauche... et je vais faire le tour de
la société... Je ne demande qu'à ceux qui peuvent...
celui qui ne paye pas n'a pas besoin de s'en aller...
Je ne m'adresse pas à ceux qui sont comme moi, dans
la panade... ceux qui n'ont pas de monaco peuvent
donner des grosses pièces. Je r'çois tout excepté les
coups de pied dans le cul... Merci, madame... Dieu
bénisse la main qui m'étrenne... Attends, mon vieux
Cantalou. Ah! fouchtra tu n'es pas blanc; j'te vas
rendre sur tes dix sous. Tiens, v'là... non, pas de c'te
main-là, c'est celle avec laquelle je..... m'mouche...
comptons la recette... y a pas gras... un... 17 sous...
messieurs,... l'truc n'a pas rendu... C'est égal, nous
allons y aller... arrangeons ça à l'amiable... 17 sous!
en 17, j'pose o. — Il ouvrait sa poche, mettait les
sous dedans en ajoutant : ... et je r'tiens tout!
comme chez Robert Houdin... Eh! n'vous en allez pas,
v'là l'arrangement ; pour faire les équilibres par où
je vais commencer ; le *moulin*, le *fléau*, les *anneaux*,
les *assiettes volantes*, les *balles*, le *saladier récalci-*

trant, et les *noix...* 1 fr. 25, vous voyez, voilà les noix (il en cassait une), vous voyez que c'en est..... Vous pouvez la manger, jeune fille, elles sont propres, Eh bien ! je prends une noix comme ceci, je la lance cinquante pieds au-dessus de la maison... comme ça. Il faisait simulacre de la jeter d'un grand tour de bras, Tout le monde regardait... encore plus haut que ça... (il la montrait). Tiens, la voilà !

Voyons, messieurs, je recommence... mais... il manque vingt-cinq *radis,* vingt-cinq *pellos.* vingt-cinq *Frigadiers,* vingt-cinq *croques,* vingt-cinq *Jacques...* Allons, allons, aboulez les vingt-cinq *ronds...* Voyons, nous sommes donc brouillés avec la maman *braize* et l'papa *pognon...* comme je m'exprime d'une façon distinguée... Hein ? Ah ! v'là le premier... plus que vingt-quatre (les sous tombaient)... il n'en manque plus q'neuf... Ah ! ça grêle... plus qu'un... N'en jetez plus ou je ne travaille pas... voulez-vous vous tenir tranquille, vous là-bas... Ça y est... Trente et un, trente et un c'est un vilain compte... Il n'en manque plus que quatre (tout le monde riait, alors il s'adressait à l'Auvergnat)... Qu'est-ce qu'il y a, mon vieux ?

— Ché que je chuis préché, bougre de bougri.

— Eh bien ! cours devant.

— Voui, mais je voudrais te voir travailla pour mon chou ; je vas à la préfecture de poliche, mais je chais pas où chest.

— Eh ben ! va là-bas près de ce monsieur, prends-

8.

lui son porte-monnaie et sauve-toi, tu n'auras pas besoin de t'occuper où est la préfecture, on t'y con-
duira tout d'suite.

Maintenant le *pont de canne,* mademoiselle Joséphine marche bien ; passons à la *balle dans l'dos,* c'est
là où on reconnaît un homme qui a du coup d'œil ;
en fixant la tour Saint-Germain-l'Auxerrois, la balle
doit tomber dans l'gobelet. Une, deux... ça y est ; le
saladier volligeur sur une baguette et jongler avec
trois boules de l'autre main ; n'faites pas attention si
j'fais ça en fermant les yeux, j'vois clair en dedans ;
avant de faire le tour *des noix,* je vais prendre cette
canne ; Mademoiselle Annette, ici. Je vais mettre
1 fr. 50 en sous sur elle, je vais la poser sur mon nez
et avec cette autre canne, je la fais disparaître, et les
trente sous passent de l'air respirable dans ma poche ;
oui, mesdames et messieurs, trente sous en beaux
sous frappés à la Monnaie, que vous allez me
donner.

Une fois les sous recueillis il les mettait sur sa
canne et en un clin d'œil ils disparaissaient dans son
gousset.

Vous voyez, messieurs et dames, que vous n'êtes
pas à un spectacle ordinaire ; les équipages s'arrêtent
devant ma salle de spectacle (deux voitures d'eau
de Seltz et un fourgon Richer venaient en effet de
s'arrêter). Vous devez *sentir* comme moi que l'hon-
eur est pour mes visiteurs !

Camus faisait alors une tournée de quête ; puis saluait de la main en disant : *salutem omnibus.*

La séance était terminée.

Camus travaillait aussi place de l'Institut. Là, son boniment différait, c'étaient ses voisins, les académiciens, qui en faisaient les frais, et la foule applaudissait à ses plaisanteries salées, encore plus qu'à ses exercices.

Camus mourut à l'Hôtel-Dieu en 1885 ; il n'a pas de successeur.

. . . .

Cantru était un homme étrange autant par lui-même que par ses exercices ; on le rencontrait au carré Marigny, les dimanches et jeudis. Son matériel se composait d'un énorme essieu d'omnibus, de trois sabres de formes différentes, de six gros clous de dix centimètres de longueur et d'un marteau de forgeron.

Après avoir fait former le cercle autour de lui, il commençait ses exercices par s'introduire deux clous dans chaque narine. Mais comme elles étaient trop étroites pour les contenir, il faisait des contorsions effroyables ; alors il prenait un troisième clou, naturellement il n'entrait pas ; il prenait son marteau et frappait dessus pour le faire pénétrer, ce qui faisait frémir le public. Il réclamait la somme de deux francs pour continuer par les exercices des sabres et de l'essieu ; mais comme l'argent ne tombait pas toujours à son gré, il racontait son histoire au public, ayant toujours ses clous dans le nez.

— Tel que vous me voyez, mesdames et messieurs, je suis Cantru, le fils de Cantru, le seul Cantru. J'sais bien que j'ne suis pas beau, mais chacun a sa valeur (je suis avaleur !) et avaleur depuis mon enfance.

Car *l'avaleur* n'attend pas le nombre des années.

— Tel que vous me voyez, j'ai voyagé dans les quatre parties du monde, partout j'ai été applaudi, redemandé, fêté. Mon dernier voyage a été en Autriche, à Vienne capitale de cet empire. Je travaillais sur la place en face le palais des Monarques ; nombreuse et noble société m'entourait — comme aujourd'hui — ; après l'exercice des clous, je prends mes sabres ; j'en avale un, j'en avale deux ; l'empereur vint à passer avec son état-major. Il descend de cheval, et fend la foule en me donnant une bourse pleine d'or. Il me dit ces paroles à haute voix que toute la foule entendit distinctement, Je m'en fais gloire :

— Cantru, retourne dans ta patrie, je ne veux pas priver la France si longtemps d'un aussi beau talent que le tien.

Voilà ce que je suis, Cantru, le seul Cantru ; il manque encore quinze sous.

Cantru avait bien raison de dire qu'il n'était pas beau ; il avait les cheveux rasés jusqu'au milieu de la tête, des yeux extrêmement petits, une bouche effroyablement large et le nez complètement écrasé par le poids de l'essieu qu'il portait en équilibre.

Cantru n'était pas un avaleur de sabres, employant des armes à *truc*, c'est-à-dire dont la lame entrait dans le manche ; il avalait bel et bien ses sabres ; ceci peut paraître extraordinaire, mais il est prouvé que par suite d'essais répétés, les organes s'accoutument à cet exercice et que l'arrière-bouche devient assez grande pour permettre l'introduction de corps durs.

Le professeur Brown-Séquard a fait des expériences à ce sujet sur des animaux ; il faisait arriver un courant très rapide d'acide carbonique dans l'arrière-gorge, les muqueuses devenaient insensibles, et il pouvait introduire, par ce moyen, dans l'estomac des animaux, des corps durs pendant deux ou trois minutes.

Cantru travailla sur la place publique de 1846 à 1858, époque à laquelle il mourut à l'Hôtel-Dieu.

. . . .

Bassero, le grand Bassero, le *premier timbalier de France*, apparut en 1835 à la foire du Trône ; son théâtre se composait de quatre piquets sur lesquels étaient attachées, avec des cordes, de vieilles toiles à voile, déchirées et rapiécées avec des morceaux de drap multicolores, tout à fait la baraque primitive des saltimbanques ; il battait sur vingt-cinq caisses et exécutait, pour débuter, toutes les batteries d'or-

donnance, — le roulement, — le rappel, — la bre-
loque, — la chamade, — la diane, — l'extinction des
feux, — la mère Godichon, — les ratés-sautés, — la
charge, — aux champs et enfin les pets d'âne !

Voici comment il annonçait son grand morceau :

— Mesdames et messieurs, vous allez entendre
la *Bataille,* je vous prie d'apporter toute votre
attention à ce tour de force que je suis seul capable
d'exécuter dans le monde entier.

LA BATAILLE

Le camp s'éveille, roulement crescendo ; *l'armée
prend les armes; le général Bonaparte qui veille donne
ses ordres, on se rallie à sa redingote grise et à son
petit chapeau ;* batteries imitant l'armée qui se met en
marche ; *soldats, du haut de ces monuments quarante
siècles et dix mille bonnes d'enfants vous contemplent ;
le trot, le galop des chevaux, le bruit du canon, le
roulement des caissons ; l'écroulement des maisons, les
femmes poussent des gémissements; vous entendez les
hurlements des enfants, tout tombe, tout s'écroule ;
massacre général ; le soleil éclaire le champ de car-
nage.*

La victoire est gagnée, c'est pour avoir l'honneur
de vous remercier; il saluait militairement et la foule
sortait étourdie, ahurie, abasourdie; aussitôt il criait
à son pitre et à son unique musicien : en parade,

messieurs, en parade ; puis s'adressant au public qui
stationnait devant la baraque, attiré par ce vacarme
épouvantable, il lui disait :

Demandez, demandez à ceux qui sortent si ça ne
vaut pas l'argent ?

Entrez, suivez le monde, 15 centimes, trois sous !

Bassero est mort en 1849.

. . . .

Le *père Clément* dit le *Marin* vendait une pommade pour faire pousser les cheveux, il stationnait de
préférence au coin du pont au Change ; il était très
beau garçon, d'une haute stature ; il avait des cheveux noirs fort longs qui lui tombaient sur les épaules ;
il regardait le public qui l'entourait, avec ses grands
yeux bleus d'une douceur extraordinaire ; sa femme,
une jolie petite femme, habillée en paillasse, justau-
corps et pantalon serré aux genoux en toile à carreaux
rouges et blancs, des bas blancs bien tirés mettaient
en valeur sa jambe fine et ronde coupée à point par
d'élégantes bottines ; ses jambes attiraient certes le
public davantage que la pommade.

Clément était toujours d'une propreté méticuleuse,
son costume se composait d'un chapeau de toile
cirée, d'une chemise à col bleu, sur les coins de
laquelle étaient brodées des ancres ; un costume de
matelot d'opéra-comique.

Quand il jugeait la foule suffisante, il racontait

qu'étant à bord d'un navire de l'État, le navire avait fait naufrage à la Nouvelle-Guinée, qu'il avait eu le bonheur d'atteindre la terre, une île déserte ; que là, il était devenu l'ami, le conseiller du roi, que pour le récompenser, le souverain noir lui avait révélé le secret d'une pommade dont la vertu était si grande, qu'il suffisait d'en frotter légèrement une noix de coco, pour qu'à l'instant elle devînt chevelue comme jadis le roi Pharamond. Au reste, ajoutait-il, je n'ai pas besoin de vous vanter plus longtemps l'efficacité de ma pommade, regardez-moi (il ôtait son chapeau et secouait la tête, aussitôt sa splendide chevelure lui enveloppait le visage d'un voile épais). Eh bien ! depuis mon retour en France, je ne me suis jamais servi que de ma pommade.

Un dernier mot, l'Académie de médecine a voulu m'acheter mon secret, j'ai refusé, parce que je suis un enfant du peuple, et que le peuple seul doit profiter de cette merveilleuse découverte.

Clément disparut de la place publique en 1870, sa découverte ne l'a pas conduit à la fortune; car, en 1886, en compagnie de sa femme. il vendait des crayons et tirait la bonne aventure chez les marchands de vin de la banlieue de Belleville.

. . . .

Lorsque le boulevard du Temple était dans toute sa splendeur, de 1854 à 1860, le restaurant des artistes qui jouaient sur les théâtres du *boulevard du*

Crime, était tenu par *Joseph* et était situé rue Basse-du-Temple, 122, en face du célèbre *Achille*, le coiffeur des *cabots* du boulevard.

Ce restaurant existe toujours, mais il a perdu sa physionomie depuis la démolition des théâtres (1862).

Les habitués de Joseph étaient Paulin Ménier, Clément Just, Aubry, Alexandre (*Fouinard* du *Courrier de Lyon*), Francisque Jeune, Lacressonnière, Lekain, le gros Manuel, Lassouche, Auguste Luchet, Charles Cabot, qui fit sa réputation en chantant la *Botte à musique* et acquit une grande célébrité à Paris et en province sous le nom de *Bibi* et enfin le petit Vinet, le sauvage du Caveau.

Dans son *Dictionnaire de la langue verte*, page 177, Alfred Delvau dit : — « *la faire à l'oseille ;* jouer un tour désagréable à quelqu'un — l'expression sort d'une petite gargote de cabotin de la *rue de Malte*, derrière le boulevard du Temple et n'a que CINQ ou SIX ANS. La maîtresse de cette gargote servait souvent à ses habitués des œufs à l'oseille, où il y avait souvent plus d'oseille que d'œufs ; un jour elle servit une omelette sans œufs, *ah ! cette fois tu nous la fais trop à l'oseille*, s'écria un cabotin. Le mot circula dans l'établissement, puis dans le quartier, il est aujourd'hui dans la circulation générale. »

Ce dictionnaire fut publié chez Dentu en 1867, donc, suivant Delvau, qui fait autorité, l'expression : *tu nous la fais à l'oseille*, remonterait à 1861.

Le restaurant, et non la gargote dont parle Delvau
était *Joseph*, rue Basse-du-Temple et non rue de
Malte. Le petit Vinet avait composé, en 1848, la
chanson suivante sous ce titre :   ‹

VOUS ME LA FAITES A L'OSEILLE

Comme papa, j'suis resté garçon,
  Pour bonne j'ai pris Gervaise,
Elle est maîtresse à la maison,
  Je la trouve mauvaise.
  De la cave au grenier,
  La danse du panier,
  Que c'est une merveille ;
  Elle mange à son goût
  Mes meilleurs ragoûts.
Vous me la faites à l'oseille !

La fille à Mal Plaqué
  Une petite brune,
L'amoureuse d'un gandin manqué,
  Qui n'en manque pas une.
  Moi j'lui fais la cour,
  C'est sûrement un beau four,
  Mais ça lui flatte l'oreille.
  Pour m'appartenir,
  Faudrait l'entretenir.
Vous me la faites à l'oseille !

.   .   .   .

En 1835 existait boulevard du Temple le *café des
Mille colonnes*. La maison touchait à celle de Fieschi, le complice de Pépin et de Morey. Les trois
complices se réunissaient dans ce café. La machine

infernale imaginée par Fieschi était composée de
vingt-quatre canons de fusils reliés au moyen de
solides attaches en fer et obéissant à une détente
unique, elle avait été braquée au troisième étage ; le
28 juillet 1835, Paris célébrait l'anniversaire des
« trois glorieuses ». Le roi Louis-Philippe passait en
revue l'armée et la garde nationale ; les gardes nationaux étaient sur le boulevard du Temple ; au moment
où le roi arrivait devant le *Jardin Turc*, une formidable détonation retentit, et jeta l'épouvante parmi
la foule massée derrière les troupes, autour du roi il
y avait dix-neuf morts parmi lesquels le maréchal
Mortier, le général de Vérigny, le colonel Raffe et
le lieutenant-colonel Rieussec ; le nombre des blessés
était considérable, vingt-trois furent transportés au
Jardin-Turc, transformé en ambulance.

A propos de cet attentat Caussidière raconte qu'en
1835 il reçut une lettre de mauvaise apparence qui
fut jetée au panier comme indigne d'être lue par le
préfet ; cette lettre était de Boireau, complice de
Fieschi. Il indiquait les personnes, les moyens dont
on devait se servir et la maison où était la machine
infernale. Sa lettre arriva la veille de l'attentat. Caussidière ajoute : qu'il est évident que si la lettre avait
été examinée on aurait pris des mesures immédiates
pour le prévenir.

Fieschi, Pépin et Morey furent exécutés le
19 février 1836, place de la barrière Saint-Jacques.

La maison fut rasée et remplacée par celle qui porte aujourd'hui le numéro 50.

Fieschi a été peint à Bicêtre, par Lepaute, la veille de son exécution.

Pépin était établi marchand de couleurs, faubourg Saint-Antoine, numéro 3.

En 1872, le docteur Legrand du Saulle fit diriger sur des maisons d'aliénés, en province, un certain nombre de fous internés à Bicêtre; parmi eux se trouvait un grand et beau garçon à l'œil intelligent, aux manières excellentes; ses expressions choisies, son aspect calme ne dénotaient certes pas un fou. Cet homme était-il aliéné? comment l'était-il devenu? Nul ne le sait. C'était le docteur Legrand du Saulle qui l'avait interrogé, lors de son arrestation.

— Je n'ai rien à vous cacher, dit-il au célèbre aliéniste, tout le monde connaît mon affaire, vous la connaissez aussi bien que les autres, il est inutile de faire des *singeries*.

Lorsque par mesure de précaution on crut devoir le fouiller on trouva sur lui une somme de 3,000 fr., un revolver chargé à six coups, quelques papiers insignifiants et des pommes.

Il prétendit qu'il portait ce revolver pour se défendre contre les *rabatteurs*, les *ficelles*, les *lanceurs de poisons*, les *roussards à bobines magnétiques*, les *mécréants de la philipperie* et *agences à procédés* chargés de le poursuivre au nom du roi qu'avait manqué son père.

Au moment de partir pour la maison de province où on allait l'interner, il prétendit ressentir des coliques et déclara qu'on avait mis dans ses aliments et dans ses boissons des substances chimiques.

— Ce sont encore les *philippins*, hurlait-il, ils me la paieront !

VII

VII

Les anciens disent avec amertume, en parlant des choses d'aujourd'hui : Ce n'est plus comme autrefois ; Les jeunes traitent les vieux de radoteurs, d'esprits chagrins, ils affirment que tout est mieux aujourd'hui qu'autrefois. Qui a raison ?

Cela dépend à quel point de vue on se place.

Quand vous parlez du passé, disent les jeunes, vous chantez ce vieux Paris, sans lumière, sans air, dont des quartiers entiers n'étaient que des cloaques, où les bouges les plus infects grouillaient à chaque pas ; c'était alors l'âge d'or des voleurs, des assassins et des filles ; c'était aussi l'âge d'or des médecins, car des épidémies fréquentes décimaient la population.

Les égouts n'existaient pas, les eaux coulaient à ciel ouvert, entre d'énormes pavés, dans des ruisseaux qui coupaient les rues en deux; l'été, les émanations de la rue montaient en vapeurs putrides dans l'atmosphère qui empestait; l hiver, c'était un lac de boue et d'immondices, ceux qui ne mouraient pas empoisonnés dans la saison chaude, se brisaient les reins dans la saison froide.

Il était joli votre Paris et surtout propre.

Les chiffonniers étalaient les ordures ménagères jusque sur les trottoirs afin d'y fouiller à leur aise, les chiens errants se battaient sur les immondices pour conquérir les vieux os, les sergents de ville n'existaient qu'à l'état de légende; tandis qu'aujourd'hui nous avons les grands boulevards, des *poubelles*, des égouts collecteurs; huit mille sergents de ville; les voleurs sont confortablement conduits à la préfecture de police, en omnibus et non plus forcés de traverser Paris entre quatre hommes et un caporal; au lieu de mastroquets sordides, repaires d'escarpes et de repris de justice, gibiers de Cayenne ou de guillotine, qui vendaient de l'eau-de-vie de pommes de terre, à un sou le canon, nons avons des cafés, des brasseries où l'on est servi par des *rois* et des *reines*, la lumière électrique a remplacé le quinquet et forcé les misérables à reculer leur domaine.

Cela est juste; mais ceci, vaut-il mieux que cela?

J'en doute, car autrefois, quand une fille vous
offrait les restes du public, on savait de suite à quoi
s'en tenir, tandis qu'aujourd'hui vous entrez de confiance dans une boutique que rien ne distingue, vous
y retrouvez les mêmes filles, plus vieilles, plus auda-
cieuses, maquillées, usées, émaciées, empoisonnant
l'absinthe, vêtues de soie et de velours ; mais quelle
que soit l'enseigne c'est toujours la prostitution... avec
permission de l'autorité, et si en place de *tord-
boyaux*, elles vous versent cet odieuse mixture sans
nom qu'elles appellent de la bière, où est la diffé-
rence ?

L'eau-de-vie de pommes de terre abrutissait, cela
est exact, mais seulement ceux qui le voulaient, car
les établissements qui la débitaient, n'offraient
aucune séduction, ceux qui y allaient c'était pour boire,
boire encore, boire toujours, tandis qu'aujourd'hui
l'abrutissement par la bière qui fera un jour du Parisien un lourd et pâteux Allemand se complique de la
débauche le plus odieuse ; étaient cent fois préférables
les *mastroquets-assommoirs* que les *brasseries-lupanars*.

Quand, dans dix années seulement, un écrivain
voudra peindre le Paris de 1880 à 1890, il ne trouvera
sous sa plume qu'un titre : *Paris-Brasserie!*

Rien d'original, rien de pittoresque, rien de spirituel, un Paris sceptique et soulard.

Laissez-les chanter, dit le proverbe ancien ; laissez-
les boire, dira le proverbe nouveau, le peuple qui boit

ne pense pas ! et ce n'est pas au fond d'un bock ou
d'un verre d'absinthe que les jeunes retrouveront le
patriotisme, le courage et l'abnégation de leurs
aînés.

Les cafés littéraires ne sont plus ; morts le *café
Procope*, le *café de Mulhouse*, le *café de la Rotonde*,
la *Brasserie du père Andler*, le *café des Variétés*, ils
sont remplacés par le *Lapin*, la *Truie qui file*, les
Incohérents, la *Salamandre*, le *Rat mort* (le café de la
vieille garde) et autres vacheries.

Ah ! si beaucoup meurent de faim à Paris, on peut
être assuré que personne n'y mourra de soif !

La rue aux Fers existait déjà en 1250, mais sous
le nom de rue *au Feure ;* les uns disent que ce dernier nom lui venait parce qu'on y vendait du foin et
de la paille, d'autres, qu'elle se nommait la rue aux
Fers à cause des ferrailleurs qui y étaient établis,
bref elle fut connue et célèbre sous le nom de rue
aux Fers.

La situation de cette rue lui donnait une physionomie toute particulière ; le marché des Innocents
qui se trouvait en face lui donnait une animation
qui contraste étrangement avec le calme qui y règne
aujourd'hui.

De 1830 à 1853, la rue aux Fers fut célèbre dans
le monde entier ; pas un étranger ne venait à Paris,
surtout les Anglais, sans visiter l'établissement de
Paul Niquet.

Le cabaret était installé au fond d'un long couloir dallé ; au bout du couloir, avant de franchir la porte d'entrée, une énorme pancarte prévenait les buveurs, qu'on n'entrait pas avec des hottes et des sabots ! La salle, dont les murs étaient nus, était presque carrée ; tout autour étaient disposés des bancs pour les consommateurs ; il va sans dire qu'il n'y avait pas de tables ; le sol était dallé et toujours très propre, le comptoir en étain, immense, était au fond, faisant face à la porte d'entrée ; derrière le comptoir, il existait une seconde salle, laquelle était garnie de bottes de paille renouvelées chaque semaine. Sur le comptoir, il n'y avait point de brocs, comme chez les autres marchands de vins, le vin y était presque inconnu, c'était la *goutte* seule qui était la liqueur favorite des habitués, la *goutte* se nommait de différentes manières : *Casse-Poitrine*, *Tord-Boyaux*, la *Jaune*, la *Blanche*, *Fil-en-Quatre*, la *Consolation* et du *Chien-Tout pur*.

Le verre, environ le dixième du litre, se vendait un sou ; pour deux sous, le client avait droit à un morceau de pain et à deux heures de sommeil dans la salle du fond qui avait été surnommée la *Morgue*.

La clientèle de Paul Niquet n'était pas exclusivement composée de voleurs ; il y allait un grand nombre de chiffonniers et surtout des rôdeurs qui, en consommant pour trois ou quatre sous, trouvaient un abri momentané ; l'élément féminin y était largement représenté par des *poivrières*, *poivrées* de toutes façons; elles étaient sous leurs haillons cent fois plus horribles que les hommes, c'étaient pour la plupart d'anciennes filles que l'ivresse avait fait dégringoler des hauteurs de la rue Bréda dans la rue aux Fers.

Le père Niquet était un colosse qui ne fit jamais appel à la police pour mettre les tapageurs à la raison; les bandits les plus féroces tremblaient devant lui; tant qu'il ne s'agissait que d'une querelle futile, le père Niquet n'intervenait pas, il savait par expérience qu'elle se terminerait par une *tournée*; mais quand des *Escarpes* se disputaient au sujet du partage d'un vol, la querelle était plus grave, et les couteaux se mettaient de la partie, aussitôt que le père Niquet les voyait briller, il saisissait un tuyau qui pendait sous son comptoir, le dirigeait sur les combattants, et en quelques secondes ils étaient inondés par un jet d'eau effroyable; ils étaient vite calmés, le père Niquet souriait comme s'il venait d'accomplir la chose la plus naturelle du monde.

Lorsque Eugène Sue publia les *Mystères de Paris*, et qu'il mit à la mode le tapis franc du *Lapin-Blanc*, beaucoup de gens qui ignoraient Paul Niquet, s'y portèrent en foule, croyant y rencontrer des *Goualeuses*, des *Bras-Rouges* ou des *Chourineurs;* leur curiosité était bien déçue, car l'aspect du *Cabaret de Paul Niquet* n'était qu'ignoble, pénible et répugnant; tandis qu'au contraire le *Lapin-Blanc* avec ses trois étages de caves, machiné comme une féerie, était pittoresque, poétisé par la légende, et une mise en scène bien entendue ; le *père Mauras* était un artiste, Paul Niquet n'était qu'un vulgaire mastroquet !

Toutes les fois qu'un assassinat ou un vol important avait lieu à Paris, la police de sûreté faisait des rafles chez Paul Niquet ; sa manière d'opérer était des plus simples : un groupe de soldat cernait l'allée, des agents pénétraient dans l'intérieur et procédaient au triage des buveurs, ils en faisaient deux tas ; le tas à garder était poussé devant eux, comme un troupeau de moutons ; à mesure que les hommes mettaient les pieds hors du couloir, ils étaient happés au passage et ligottés deux à deux, les agents fermaient la marche et en route pour le dépôt de la Préfecture de police.

Jamais les agents ne faisaient chou blanc.

Une demi-heure plus tard, le cabaret était plein à nouveau.

Parmi les habitués de Paul Niquet, il y avait les *Ravageurs* ; les *Ravageurs des ruisseaux* n'avaient rien de commun avec les *Ravageurs* qui ont donné leur nom à l'île située entre Clichy et Asnières ; c'était le nom d'une profession spéciale, exercée généralement par des hommes aguerris, vigoureux ; les ruisseaux étaient leur propriété par droit de conquête.

Leur outillage était peu dispendieux ; une tige de fer pointue d'un bout et recourbée de l'autre, une sébile en bois et un sac en toile.

Le *Ravageur* commençait sa besogne dès l'aube,
il se mettait carrément, hiver ou été, les pieds dans
le ruisseau, il n'avait point besoin de se déchaus-
ser, car il était toujours nu-pieds ; avec son morceau
de fer, il grattait les interstices des pavés, pour en
extraire les objets de métal que l'eau n'entraînait pas,
en raison de leur poids ; cette opération terminée,
avec sa sébile il ramassait la boue et la lavait, écla-
boussant sans façon les passants ; après ce lavage, il
ne restait au fond de la sébile qu'un résidu de cailloux, alors il procédait avec soin à un triage, il four-
rait ses trouvailles dans son sac, et vendait le produit
de son travail à des ferrailleurs spéciaux.

La journée du *Ravageur* variait entre un franc et
un franc cinquante ; cette industrie disparut de 1850
à 1855.

A l'occasion les *Ravageurs* prêtaient la main à des
camarades quand il y avait un bon *chopin* à faire et
nourrissaient volontiers le *Poupard*, mais rarement
ils étaient mêlés à des affaires d'assassinat.

C'étaient les préférés du père Niquet.

Dans le quartier du Marais et souvent rue Montmartre, on rencontrait de cinq heures à six heures du
soir, un homme, grand, mince, sec, toujours très
proprement vêtu d'une longue blouse bleue, plissée,
serrée à la taille par une ceinture en tapisserie ; une
chemise très blanche à col rabattu, largement échan-
crée, découvrait son cou ; complètement imberbe, il

avait en revanche des cheveux noirs très longs, admirablement entretenus, il poussait devant lui une petite
voiture en acajou, très coquettement tapissée avec du
papier de différentes couleurs, qui formait un certain
nombre de cases, ces cases étaient pleines de marrons glacés, de pastilles, de dragées, de fondants, de
rebuts, toute une confiserie ambulante ; au centre de
l'étalage, la nuit venue, brûlaient deux lampes en
vieux Rouen, dont la lueur attirait les passants.

Jamais il n'annonçait sa marchandise.

Vers une heure du matin, sans changer sa tenue,
il arrivait chez Paul Niquet. Ah ! voilà *Marie-Stuart*,
disaient les habitués !... Ce sobriquet en dit assez
pour expliquer les goûts du confiseur et ce qu'il
venait faire chez Paul Niquet.

Marie-Stuart avait sa légende, on racontait qu'un
homme du monde, « un ambassadeur », lui fournissait l'argent nécessaire à son existence, qu'il lui
donnait cent francs à la fois, mais qu'il devait les
encaisser sans mettre les mains.

Problème difficile à résoudre ; *Marie-Stuart*, sans
être mathématicien, employait le moyen suivant :

Son... protecteur mettait sur une table une pile de
vingt pièces de cent sous ; *Marie-Stuart* ôtait sa
culotte, il s'asseyait sur la pile et.... toutes les pièces
disparaissaient !

Marie-Stuart avait un concurrent : le pâtissier de
la rue de Richelieu, connu dans les ateliers de

peintres et sur les boulevards, sous le nom d'*Instar de Lyon*, familièrement on l'appelait l'*Instar*.

L'*Instar* confiait sa boutique à un garçon, puis il partait avec un panier proprement couvert d'un linge de mousseline, lui-même était vêtu des pieds à la tête en piqué d'une blancheur immaculée, il parcourait les rues en criant : *Instar de Lyon, Instar de Lyon !*

Il était horriblement grêlé, sans être laid, et sa figure avait quelque chose d'agréable ; au contraire de *Marie-Stuart*, l'*Instar* avait des passions terribles, il se prit un jour d'amour pour un peintre aujourd'hui célèbre, il en perdait le boire et le manger, il ne songeait plus à vendre ses gaufres, il suivait le malheureux peintre partout, quêtant un regard, un sourire, un mot ; le peintre impatienté lui donna rendez-vous chez Paul Niquet, il avait prévenu ses amis ; avant l'heure fixée le peintre arriva et invita *Marie-Stuart*, ses amis formèrent cercle ; quelques minutes plus tard arriva l'*Instar*, coquettement habillé ; quand il vit *son* peintre en compagnie de *Marie-Stuart*, la colère le prit, il se rua comme un furieux sur le confiseur, il lui jeta ses gaufres à la figure, et finalement lui vida sur la tête son sucrier ; la bande joyeuse riait à se tordre, d'autant plus que *Marie-Stuart* ripostait par des épithètes salées : vieille chatte, t'es trop grêlé pour me faire la pige, personne ne voudra de toi, hirondelle de prison, si tu ne fermes pas ta boîte, je vais te faire péter le maroquin... finalement *l'Instar* et *Marie-Stuart* se prirent aux cheveux et se battirent comme deux mégères, à tel point que le père Niquet dut faire jouer les fameux jets de pompe.

L'Instar a laissé un nom célèbre dans les fastes des adorateurs du troisième sexe.

Le *cabaret de Paul Niquet* fut décrété d'expropriation le 10 mars 1852 pour parfaire le périmètre des Halles centrales, il fut démoli en 1853.

Paul Niquet se retira à Belleville, dans une de ses maisons; il ne vécut pas longtemps, il avait la nostalgie de son horrible bouge, il mourut vers 1863.

VIII

VIII

En novembre 1866, la presse parisienne enregistrait comme une curiosité extraordinaire, l'exhibition dans la salle des conférences du boulevard des Capucines, par M. Talrich, d'une tête qui parlait après avoir été décapitée.

La scène se passait dans un caveau étroit situé dans le sous-sol, ce caveau était éclairé par une lampe qui répandait une clarté douteuse; dans un des angles du caveau, on remarquait une gigantesque épée qui avait servi, disait le bonisseur, à couper la tête exhibée.

Cette tête paraissait avoir appartenu à un homme d'une soixantaine d'années, elle reposait sur un guéridon à trois pieds, une serviette maculée de sang le couvrait ; de chaque côté de la tête du décapité étaient placés deux crânes.

La tête répondait à toutes les questions qu'on voulait bien lui adresser à condition toutefois que ce fût en anglais.

Le mouvement des muscles de la face, des yeux, de la langue, était très naturel ; et pour cause.

La tête prétendait être parfaitement à son aise.

Une foule innombrable alla voir cette curiosité; des paris très élevés s'engagèrent; les uns prétendaient connaître le *truc*, des croyants affirmaient que c'était vraiment la tête d'un décapité.

Ce *truc* que personne ne dévoila était la simplicité même, c'était M. Adrien Delille, le célèbre prestidigitateur qui l'avait inventé et le docteur Lind ne faisait que de l'exploiter.

Le personnage qui jouait le rôle de la *tête du décapité* était confortablement assis dans un excellent fauteuil, car les glaces formant triangle, encadrées dans les pieds de la table, étaient assez écartées pour qu'il fût à l'aise ; malgré cela les séances étaient très courtes; la tête sifflait et articulait un *good night* énergique pour faire comprendre aux visiteurs qu'ils devaient se retirer.

Le *truc* fut découvert par M. Wilfrid de Fonvielle, il jeta sur une des glaces une pièce de cinq francs, naturellement elle ne franchit pas l'obstacle.

L'inventeur du décapité parlant connaissait cer-

tainement le passage suivant de *Don Quichotte*, intitulé :

LA TÊTE ENCHANTÉE

... Le repas achevé, don Antonio prit notre héros
par la main, et le conduisit dans une pièce où, pour
tout meuble, se trouvait une table de jaspe soutenue
par un pied de même matière ; sur cette table était un
buste qui *paraissait* de bronze, et représentait un empereur romain. Ils se promenèrent pendant quelque
temps, de long en large, firent le tour de la table ;
puis, don Antonio, s'arrêtant, dit à don Quichotte :

— Maintenant que je suis certain de n'être écouté
par personne, je vais apprendre à votre grâce une des
plus étonnantes aventures dont on ait jamais entendu
parler, à condition toutefois que ce secret restera entre
elle et moi.

— Je le jure, seigneur, répondit notre héros ; celui
à qui vous parlez a des yeux et des oreilles, mais point
de langue ; votre grâce peut en toute assurance verser
dans mon cœur ce qu'elle a dans le sien et rester per-
suadée qu'elle le jette dans les abîmes du silence.

— Sur la foi de cette promesse, repartit don Antonio,
je vais vous confier des choses qui vous raviront d'admiration, et je me soulagerai moi-même d'un fardeau
qui me pèse, car je n'ai encore révélé à personne
le secret que je vais vous dire. Cette tête que vous
voyez, seigneur don Quichotte. ajouta-t-il en la faisant
tourner avec la main, a été fabriquée par un des plus
grands enchanteurs qui aient jamais existé. C'était, je
crois, un polonais, disciple du fameux Kot, dont on

raconte tant de merveilles. Je reçus chez moi cet en-
chanteur, et, pour la somme de mille écus, il me fabriqua cette tête, qui a la propriété de répondre à
toutes les questions qu'on lui adresse. Après avoir
tracé des cercles, observé les astres, écrit des caractères
cabalistiques, épié les conjonctions voulues, l'auteur
mit la dernière main à son ouvrage, dont vous aurez
la preuve demain, car le vendredi cette tête est muette,
et il serait inutile de lui rien demander aujourd'hui ;
d'ici là votre grâce peut songer aux questions qu'il vous
conviendra de lui faire, et l'expérience vous prouvera
si je dis vrai.

Etonné de ce qu'il entendait, don Quichotte avait
peine à croire que cette tête fût douée d'une telle vertu ;
mais comme il devait bientôt savoir à quoi s'en tenir,
il se contenta de faire de grands remerciements à son
hôte pour lui avoir confié un secret de cette importance. Ils sortirent de la chambre, que don Antonio
ferma à clé, et ils retournèrent dans le salon, où Sancho avait eu le temps de conter à la compagnie une
partie des aventures de son maître.

Le lendemain don Antonio jugea à propos de faire
l'expérience de la tête enchantée. Suivi de don Quichotte et de Sancho, il entra dans la chambre où se
trouvait le phénomène. Là, ces messieurs lui adressèrent diverses questions, auxquelles la tête répondit
d'une manière peu satisfaisante.

Cid Hamed ben Angeli, afin de ne pas laisser soupçonner de la magie dans une chose aussi surprenante,
expliqua le fait de la manière suivante :

— Don Antonio, dit-il, afin de se divertir aux dépens
des niais, fit faire cette tête à l'imitation d'une autre
qu'il avait vue à Madrid. La table avec son pied d'où

sortaient quatre griffes d'aigle, était de bois peint en
jaspe; la tête, semblable à un buste d'empereur romain et couleur de bronze, était creuse comme la
table sur laquelle on l'avait si bien enchâssée que tout
paraissait d'une seule pièce ; le pied de la table était
creux et communiquait par deux tuyaux à la bouche
et à l'oreille de la tête. Ces tuyaux descendaient dans
une chambre au-dessous, où se tenait cachée la personne qui faisait les réponses. La voix partie de haut
en bas et de bas en haut, passait si bien par ces tuyaux
qu'on ne perdait pas une seule parole, de sorte qu'à
moins de le savoir, il était impossible de pénétrer
l'artifice.

Il existait jadis une société qui avait l'habitude de
soumettre les néophytes à des épreuves qui devaient
justifier de leur courage ; pour cela, on tapissait une
chambre avec des draps noirs parsemés de grandes
larmes blanches.

Au milieu de cette chambre, il y avait un guéridon
percé d'un trou au centre, trou dissimulé par une
serviette.

Le néophyte devait couper la tête d'un homme ; la
chambre était faiblement éclairée ; on lui mettait une
lourde épée en main et on lui désignait un individu
assis près du guéridon. Tremblant, mais excité par la
galerie, il déchargeait un furieux coup sur la nuque
du patient. La tête tombait d'un côté et l'homme de
l'autre.

La tête était en carton et allait rouler par un *truc*

sous le guéridon; on faisait mine de la ramasser et de la mettre sur le guéridon préparé; alors, ô horreur! la tête apparaissait sanglante sur la serviette, les cheveux hérissés, les yeux hagards, les dents serrées et, malgré cela, elle parlait!

C'était aussi simple que le *truc du décapité parlant*; il fut dévoilé de la manière suivante :

Un jour le personnage qui faisait la *tête*, ayant un peu trop remué, renversa une petite lampe à esprit-de-vin posée près de lui; l'esprit-de-vin s'enflamma et lui brûla la barbe; il se leva affolé le guéridon autour du cou et se sauva dans la rue, en criant : Au feu !

Le premier qui fit le *truc* de la *décapitation* sur la place publique, ce fut le dentiste Duchesne.

Duchesne jouait aux *Funambules*, boulevard du Temple, vers 1838. Habitué au grand air, il était à l'étroit sur cette modeste scène. Un soir, il fit la connaissance de Genisson, machiniste à la Gaîté; ce dernier lui monta une baraque en bois, place de la Bastille, et, sur un immense calicot, il annonça *la Décapitation*. Tout Paris envahit la baraque et, comme toujours aux spectacles sanglants, les femmes étaient les plus acharnées.

Voici le *truc* imaginé par Genisson et pratiqué par Duchesne.

Pour cet effrayant tour d'escamotage, il se servait d'un cou de mouton qui, pendant que la tête disparaissait sous une trappe, devait, appliqué au tronc, présenter l'aspect d'un cou fraîchement coupé ; l'illusion était complète, et la scène véritablement effrayante.

Un jour, il arriva à Duchesne un accident bizarre : au moment où la tête allait tomber sous la lame du sabre et disparaître dans la trappe, il cherchait son cou de rechange, il l'aperçut dans la gueule d'un énorme chien de Terre-Neuve qui bondissait au milieu des spectateurs pour gagner la rue. Les spectateurs partirent d'un immense éclat de rire ; mais aussitôt, furieux de voir que le *truc* était aussi simple, ils se mirent à injurier le malheureux artiste et voulurent lui faire un mauvais parti.

Duchesne déserta la baraque et s'en alla en province. Nous le retrouverons plus loin.

L'exhibition du *Décapité parlant* dura environ quatre mois.

. . . .

En 1866, le Cirque-d'Hiver exhiba un mulet indomptable ; l'affiche le qualifiait : *le Mulet Rigolo*.

Des scènes tumultueuses firent cesser les exercices du fameux mulet.

En février 1867, les mêmes scènes de désordre se renouvelèrent : sifflets, luttes à mains plates et même à poings fermés entre les spectateurs, à propos de l'exhibition d'un nouveau mulet, mais, cette fois, simplement mécanique.

10.

C'était le *truc* le plus amusant qui se puisse imaginer.

Voici de quelle façon il était présenté au public :

Deux domestiques, armés de pelles, enlevaient la légère couche de sable qui recouvrait l'arène, ils mettaient à découvert une petite grille en fer ; deux servants apportaient quatre matelas qui, une fois réunis, formaient un rond parfait.

Ces matelas étaient disposés autour de la grille sur laquelle on plaçait un tube garni de feuilles de lierre et de laurier ; ce tube était le piédestal du mulet.

Une nuée d'écuyers apportaient ensuite un objet ayant l'aspect d'une boîte à joujoux de vingt-cinq sous ; cette boîte était sans fonds ; elle était mise sur le piédestal et enlevée aussitôt, elle laissait alors à découvert un ravissant mulet noir, les jambes repliées sous lui dans l'attitude du cheval de bronze de la place des Victoires.

Un jockey le montait, le mulet se cabrait, se couchait, se tournait, se retournait, ruait, baissait la tête, la relevait ; enfin, il faisait tous ses efforts pour démonter son cavalier. Avec ce jockey, il n'y arrivait point ; mais il n'en était pas de même avec les amateurs qui se présentaient, ils étaient aussitôt démontés que montés.

Le mécanisme était très simple.

Un appareil à balancier était établi dans le sous-sol, le tube qui servait de piédestal donnait passage à un autre balancier qui, mis en mouvement par deux hommes au moyen de système de poulies, de roues et de contrepoids, produisait l'effet décrit plus haut.

M. Dejean, alors directeur du Cirque-d'Hiver, devant les manifestations tumultueuses et hostiles des spectateurs, cessa l'exhibition du *Mulet mécanique*.

. . . .

Autrefois, les artistes jouaient devant un parterre de rois; le 22 novembre 1866, un fils de roi, *Ira Aldridge*, jouait au théâtre de Versailles *Othello* devant un parterre d'artistes.

Les ancêtres du tragédien nègre étaient princes de la tribu des Pulahs (côte du Sénégal), il avait été détrôné parce qu'il voulait abolir l'esclavage dans ses États; pour les nègres, l'esclavage est sans doute une douce chose, car le peuple se révolta.

Aldridge avait passé sa jeunesse à New-York et fut élevé au collège Schenectody, d'où il se sauva pour débuter, à Londres, à l'ancien Royalty-Theatre.

Édouard Kean se trouvait alors à Dublin; il fit engager son noir confrère à Bath-Theatre. De là Aldridge joua à Vienne, Berlin, Dantzick, Madrid et enfin vint en France.

Un dîner, qui réunit toutes les illustrations du journalisme, précéda la représentation; il eut lieu dans la salle des États, *hôtel des Réservoirs*.

La salle de spectacle de Versailles est spacieuse ;
on se fût cru à Paris, le soir de la représentation
d'*Henriette Maréchal* ou de *Gaëtana*, tant le public
était bruyant et remuant.

La salle était pleine jusqu'aux combles ; on avait
mis du monde partout, dans l'orchestre des musiciens,
aux lucarnes des loges, sur la scène, etc., etc.

Le principal attrait du spectacle était de savoir
comment le prince nègre se tirerait du rôle d'*Othello*,
qu'il jouait dans la langue de Shakespeare, tandis que
les autres rôles étaient joués en français.

On attendait surtout Ira Aldridge dans les trois
principales scènes : le *More devant le sénat de Venise*,
la *Jalousie* et la *Mort de Desdemone*.

Dès le début, la salle était un peu froide, car il n'y
avait pas dix spectateurs qui comprissent l'anglais,
mais la glace fut vite rompue à la vue de cette face
noire, bondissant comme une panthère dans la cage
qu'elle voudrait briser. A un moment donné, les
applaudissements prouvèrent au prince déchu que la
langue du génie est universelle.

Après la représentation, un splendide souper fut
offert à la presse. Je me trouvais placé entre Ira
Aldridge et Cochinat. Ira me parlait anglais ; il me
racontait que, dans son pays, les noirs, à l'inverse des
blancs, ont un bon dieu noir et un diable blanc, et il
ajoutait malicieusement : — Les blancs nous ont fait
assez de mal pour cela !

Faisant allusion aux causes de sa déchéance, je lui demandai :

— Mais si au lieu de se révolter contre vous, vos sujets s'étaient révoltés contre leurs maîtres ?

— Ils n'y songèrent même pas, me répondit-il. L'habitude de l'esclavage est si grande chez eux qu'un jour j'observai un jeune nègre qui quittait son chapeau, pendant une averse, et le cachait sous sa veste.

—- Pourquoi quittez-vous votre chapeau ? lui demandai-je.

— Parce qu'il serait tout mouillé et qu'il se gâterait.

— Oui ! mais votre tête se mouille.

— Ah ! oui! je le sais bien, me répondit l'enfant ; mais cela ne fait rien, car le chapeau appartient à moi, et ma tête est à mon maître !

Commerson, le joyeux compère du *Tintamarre*, fut présenté à Ira Aldridge par Le Guillois, comme étant général en chef de la garde nationale ; alors le tragédien s'attacha à Commerson et lui proposa le commandement de ses troupes s'il voulait lui prêter son concours pour le restaurer.

Le Guillois devait être ministre des cultes et des beaux-arts et Cochinat ministre de la justice. Le pauvre nègre mordit tellement à cette plaisanterie qu'il voulut à toute force embrasser Commerson pour sceller l'engagement.

Ira Aldridge disparut tout à coup; après une existence misérable, il mourut quelques années plus tard
en Amérique.

Ce ne fut pas le seul prince nègre qui traîna ses
guenilles sur le pavé de Paris.

En 1880, les amateurs des fêtes foraines s'arrêtaient devant deux tréteaux supportant quatre mauvaises planches, chargées de paniers à claires-voies,
dans lesquels gémissaient, entassés, s'étouffant mutuellement, quelques malheureux poulets étiques,
trois ou quatre lapins efflanqués, galeux, pelés et un
canard à moitié déplumé.

Au milieu des planches formant estrade, deux
poteaux supportaient une grande roue, à moitié dislo-
quée, qui, lorsqu'elle tournait, grinçait à fendre les
oreilles d'un sourd ; de chaque côté de cette roue se
tenait un homme, l'un, un superbe nègre vêtu en
pierrot, l'autre habillé en paysan normand.

Le nègre faisait des grimaces, montrant des dents
d'ivoire, le blanc amorçait la foule pour l'engager à
prendre des billets.

Ce nègre était aussi un fils de roi ; il se nommait
N'Iumbé.

Le père de N'Iumbé avait régné dans le haut Niger,
mais, à la suite d'une révolte, il avait dû fuir laissant
son fils entre les mains des insurgés.

N'Iumbé s'évada et vint en Europe ; il fit tous les
métiers imaginables. A Londres, il apprit l'anglais,

qu'il parlait dans la perfection ; il alla en Russie, en
Espagne, enfin bref, il parlait toutes les langues, à
l'exception du français, qu'il baragouinait outrageusement.

A son arrivée à Paris, il entra comme chasseur dans
un grand restaurant du boulevard, mais il n'y resta
pas longtemps. Il ne pouvait pas rester stationnaire ;
quand on l'envoyait faire une course, il flânait de
boutique en boutique, passant par le pont de Neuilly
pour aller à la barrière du Trône.

Renvoyé de sa place, il avait quelques économies ;
il se fit habiller au Temple. Son costume était iné-
narrable : chapeau blanc, jaquette noisette, pantalon
vert olive, bottines vernies, claqué bleu, gants violets
et cravate rouge ; sur son gilet chamois s'étalait une
énorme chaîne en *toc*, veuve de sa montre, qu'il avait
achetée cinquante centimes à Marcousse, l'illustre
inventeur du poil à gratter, le continuateur du père
Gargouillot.

Il paradait sur les boulevards, fier comme Artaban,
mâchonnant un *soulados*.

Un jour, il s'égara à Champigny ; il trouva dans
l'île une hutte abandonnée, il s'y installa sans façon.
C'était au printemps, il se fit un lit d'herbes et vécut
indépendant ; pour manger, il pêchait des poissons à
la main. Mais l'hiver vint ; ses vêtements flamboyants
étaient réduits à l'état de haillons. Impossible de
revenir à Paris, il songea alors à tirer partie de ses

talents de chasseur pour augmenter son ordinaire.

Deux mois plus tard, tous les environs étaient dans la désolation ; les bonnes femmes voyaient disparaître leurs chats un à un, sans qu'elles pussent, malgré la plus active surveillance, découvrir le larron.

N'Iumbé était un gourmet ; il préparait les malheureux matous de la manière suivante : il leur tranchait la tête, laissait la peau, puis allumait un grand feu ; dans ce feu, il faisait rougir à blanc des cailloux.

Pendant que les cailloux rougissaient, il ouvrait le ventre des chats, les vidait et ensuite les bourrait de pommes de terre, d'ails, d'oignons et de piments ; il creusait alors une fosse, y jetait les cailloux brûlants, qui formaient un lit épais ; sur ce lit, il couchait les chats, les recouvrait d'herbes aromatiques et par-dessus il ajoutait un autre lit de cailloux.

Un jour, il fut surpris par un gendarme, pendant qu'il préparait son dîner ; conduit à la gendarmerie et de là chez le commissaire de police, il reçut une verte semonce et renvoyé à Paris.

Sans vêtements, sans ressources, il rencontra un vagabond qui l'emmena coucher aux carrières d'Amérique. Un chaufournier prit pitié de lui ; il l'engagea à s'embaucher aux docks de la Villette. N'Iumbé suivit ce conseil ; les débardeurs, émus d'une si grande misère, lui donnèrent quelques vieux sacs à charbon, qu'il ajusta tant bien que mal et se confectionna un pantalon et un bourgeron.

Ses camarades, à qui il avait raconté son histoire, lui disaient en riant : — On n'a jamais vu à la Villette un roi dans un sac !

Le soir, N'Iumbé se retirait dans une chambrée de la rue de Meaux ; ils étaient quatorze compagnons dans ce bouge infect. A la veillée, à la lueur d'une chandelle, il racontait ses souvenirs à ses camarades ; il leur rappelait qu'étant enfant il avait mangé les prisonniers faits par son père. Il passait, à ce souvenir lointain, sa langue sur ses lèvres. Son auditoire, pas tendre pourtant, frémissait de dégoût, alors N'Iumbé, sans s'émouvoir, leur détaillait longuement les voluptés d'un repas d'anthropophages.

Il en voulait au gendarme de l'avoir arraché aux douceurs de la vie de sauvage qu'il menait dans son île. — Si moi, ajoutait-il, en manière de conclusion, faisais cuire gendarme à la mode de mon pays, vous trouveriez gendarme délicieux !

N'Iumbé mourut à l'hôpital de la Charité à la fin de 1885.

IX.

IX

Tout Paris, on pourrait dire la France entière, connut *Duchesne*. C'était une étrange figure, il est resté légendaire dans le monde de la Banque. Né à Paris, il débuta dans la vie par être apprenti graveur, puis typographe ; malheureusement les clients de son patron habitaient de l'autre côté de l'eau et il fallait qu'il traversât le Pont-Neuf plusieurs fois par jour pour leur porter leurs épreuves. Or, à cette époque (1816), *Mielle* était dans toute sa splendeur, Duchesne était un de ses auditeurs assidus, et quand il rentrait à l'atelier il recevait des taloches. Il fut renvoyé ; de là il passa chez Dupont, cour des Fermes, il était voisin du célèbre prestidigitateur Comte, il suivit ses cours ; un beau jour il lâcha la *casse* et partit le sac au dos pour faire son tour de France. A Pontoise il fut dévalisé par un *ami* qu'il rencontra dans une auberge. Sans aucune ressource, presque sans vêtements, il fit la connaissance d'un vieux berger qui passait pour sorcier. Ce n'était pas chose extraordinaire, ce berger lui donna un antique bouquin, dans lequel il trouva ce titre de chapitre : *Moyen d'être incombustible, de se gargariser avec du plomb fondu, de se passer un fer rouge sur la langue, etc., etc.* Aussitôt une idée germa dans son cerveau ; il loua une grange, et fit annoncer par le tambour de ville, que tel jour, à telle heure, *Salamandrius*, originaire de la Terre-de-Feu, vivrait au milieu des flammes, comme le poisson dans l'eau, qu'il entrerait dans un four un gigot à la main et qu'il n'en sortirait que lorsque le gigot serait cuit, qu'il forgerait un essieu chauffé à blanc avec son poing, comme jadis le célèbre Biscornet l'élève de saint Éloi, qu'il se mettrait de l'eau dans la bouche et s'assoirait sur un fourneau ardent ; qu'il ne se relèverait que quand l'eau serait en ébullition, bref un *pallas* pyramidal.

Ce fut une révolution dans Pontoise, la foule accourut et la grange fut pleine à regorger. La décoration et l'éclairage étaient des plus primitifs : un paquet de chandelles des huit et un quinquet prêté par l'aubergiste. Au centre de la grange était un réchaud plein de charbons sur lesquels une pelle à feu rougissait. *Salamandrius* s'avança fièrement, en homme sûr de lui-même, prit la pelle et se l'appliqua sur la langue, aussitôt il poussa un cri terrible ; il s'était brûlé horriblement. Les paysans qui croyaient que c'était dans le programme, applaudissaient d'autant plus fort que le malheureux Duchesne se tordait dans d'atroces douleurs. Il entra à l'hôpital.

Je me souviens avoir assisté un mercredi de l'année 1867 à une soirée, chez M. Pierre Véron, directeur du *Charivari*. Parmi les artistes célèbres, Sarasate, Dunkler, Diemer, Magnus, Agnesi, Pancani, Capoul et la petite Benoîton qui avaient bien voulu se faire entendre ; on attendait avec impatience une jeune fille, Mlle Émilie Van der Mœrch, surnommée la *fée aux oiseaux*, elle obtint un immense succès. La presse entière acclama les surprenants exercices des intelligents pensionnaires de la jolie charmeuse, MM. *Cardinal, Capucin, Bec-de-Corail, Pinson* et M. et Mme *Calfat* ; ce spectacle parut une nouveauté à chacun de nous et MM. Jules Simon, E. About, V. Sardou, J. Vallès, etc., etc. applaudirent chaleureusement les artistes ailés qui eussent préféré quelques grains de millet.

Mlle Van der Mœrch n'avait rien inventé, car en 1833 ou 1834, Duchesne débutait au cirque de Bordeaux avec une troupe ailée ; l'affiche annonçait : *les Oiseaux typographes*, exercices nouveaux par les *chevaliers du colifichet ;* il eut un succès immense. En effet, il lui avait fallu une patience miraculeuse pour discipliner sa troupe et lui apprendre à assembler des lettres, à composer des mots et même des phrases au gré des spectateurs. Il avait dressé un chardonneret et une fauvette à porter des fleurs aux dames. Un rouge-gorge allait se poser sur la tête de la plus jolie femme de la société. Mais son triomphe était les *oiseaux soldats* qui jouaient la scène *du déserteur*.

Un soldat était amené devant le conseil de guerre ; il était condamné à la peine de mort. Un peloton le conduisait au poteau et le fusillait ; il tombait raide, alors des servants venaient le ramasser pour l'enterrer, mais aussitôt il se relevait et tous les acteurs se mettaient à chanter pour célébrer la résurrection.

Vingt ans plus tard M. Corvi eut avec ce même spectacle un grand succès à Paris. Son fils continue la tradition de famille, il promène à travers l'Europe ses intéressants pensionnaires à qui il ne manque vraiment que la parole.

Après une existence des plus agitées nous retrouvons Duchesne, vers 1855, arracheur de dents sur nos places publiques.

Debout sur le devant de sa voiture, pour amasser la foule, il ouvrait silencieusement un album relié en maroquin, et le feuilletait en jetant de droite à gauche des regards interrogateurs. Cet album contenait cinq dessins de Nadar ; quatre représentaient l'intérieur d'un cabinet de dentiste, les quatre quarts d'heure d'une opération; le cinquième représentait un afficheur en train de coller en collaboration avec le diable le nom de Duchesne sur tous les murs de Paris. Il commençait ensuite son boniment.

Duchesne avait plusieurs manières, suivant les milieux dans lesquels il se trouvait.

Première manière : — « Gardez, oh! gardez-vous, jeunes filles, ces dons de Dieu qui vous feront épouses; vous, jeunes mères, ces perles qui vous feront heureuses et aimées. Si votre haleine a de douces senteurs pour ceux qui sont autour de vous, conservez précieusement ce parfum qui fait prendre vos lèvres pour des feuilles de rose, ça ferait presque l'abeille se tromper et se reposer sur elles. »

Deuxième manière : — « Mesdames, messieurs, vous avez tous souffert des horreurs de la névralgie; vous avez vu avec quelle dextérité, quelle sûreté de coup d'œil nous avons extirpé sous vos yeux les molaires les plus rebelles. Eh bien ! s'il est quelque personne qui souffre comme souffrait tout à l'heure monsieur (il désignait l'homme assis dans sa voiture) que cette personne se présente, moyennant la faible rétribution d'usage, je l'admettrai dans ma voiture, et au bout de cinq secondes, elle sortira joyeuse, débarrassée d'une douleur terrible et dans la plus parfaite santé !

Troisième manière :

11.

De tes yeux d'où jaillit une éternelle flamme,
Une fois qu'on subit les magiques effets,
C'en est fait, ton esprit illumine notre âme ;
Heureux qui peut goûter le fruit de tes bienfaits !
En vain mille jaloux, contre toi furieux,
Se liguent pour voiler ton astre dans les cieux,
Je crains pas leur courroux, plein d'un noble courage,
En guérissant nos maux, redouble encor leur rage.

A force d'avoir roulé sa bosse, Duchesne était devenu un très grand observateur ; il savait combien la foule est difficile à entraîner ; pour décider le premier client à monter dans sa voiture, il disait :

— Messieurs, je donne un louis au premier d'entre vous qui se fera extraire une dent.

Il prenait vingt francs dans son gousset et les montrait au public ; aussitôt deux pauvres diables se précipitaient et voulaient s'asseoir en même temps ; ils se disputaient, chacun prétendant être le premier. Duchesne les regardait en souriant :

— Enfin, messieurs, êtes-vous d'accord ? leur disait-il.

— Oui, monsieur, c'est moi, répondait l'un.

— Non, monsieur, c'est moi, répondait l'autre.

Les deux hommes se menaçaient.

— Finissons, disait alors Duchesne ; vous voyez bien que les malades qui souffrent s'impatientent. Je vais vous mettre d'accord : vous aurez chacun vingt francs pour votre dent. Voyons, ouvrez la bouche.

L'homme obéissait et désignait la dent malade.

— Mon ami, ajoutait Duchesne, vous voulez toujours les vingt francs que je vous ai promis ?

— Bien; mais je vous ferai remarquer que la dent que vous me désignez est absolument cariée; elle ne pourrait pas m'être utile; je préfère celle-ci (et i montrait une dent parfaitement saine). Je vais donc vous l'arracher, et vous aurez vos vingt francs.

Tout l'auditoire se mettait à rire; le patient protestait :

— Gardez vos vingt francs, mais arrachez-moi la dent qui me fait souffrir.

— Pour celle-ci, vous me paierez, disait Duchesne; vous savez qu'il est écrit à la porte de Montpellier que chacun vit de son petit métier.

La foule riait de plus belle; les hommes voulaient descendre de la voiture, alors Duchesne les opérait en un clin d'œll.

A ce métier de charlatan, Duchesne gagna une grosse fortune; il abandonna la rue et continua son métier en appartement. Il a légué son talent d'opérateur à son fils qui soutient avec éclat la réputation de son père.

X

X

Le carré Saint-Martin. La place de l'ancien marché Saint-Martin faisait partie du prieuré de Saint-Martin-des-Champs; là avaient lieu les duels judiciaires. Cette place servait de champ clos, et les moines de Saint-Martin en tiraient un revenu considérable.

La fureur des duels était poussée à tel point que le roi Louis le Jeune défendit le combat dans les contestations qui s'élevaient pour une somme supérieure à cinq sols parisis; mais cette défense n'eut aucun résultat. Plus tard, saint Louis essaya de détruire cet usage barbare; son ordonnance ne fut observée que dans les domaines royaux. Les seigneurs l'éludèrent dans leurs terres, attendu que cette ordonnance leur enlevait de gros bénéfices.

Lorsqu'il y avait gages de bataille, l'amende à payer par le vaincu roturier était de soixante livres ; cette coutume donna naissance au proverbe devenu fameux : Les battus payent l'amende !

Le 25 mars 1765, Louis XV rendit l'ordonnance suivante :

« Les officiers chargés sous nos ordres de la police de Paris désirent depuis longtemps l'établissement d'un marché dans le quartier Saint-Martin-des-Champs, où, faute d'un terrain qui y fût destiné, les vendeurs et les acheteurs ne pouvant se placer dans les rues plus fréquentées, se trouvaient exposés à de grandes incommodités, à de véritables risques par le passage continuel des voitures... à ces causes... avons approuvé le contrat d'échange attaché sous le contre-scel des présentes, par lequel le sieur abbé de Breteuil, en vue de l'établissement d'un marché, a cédé aux religieux, moyennant 8,000 livres de rente perpétuelle, la totalité de l'emplacement de son hôtel au prieuré de Saint-Martin-des-Champs. »

Un demi-siècle n'était pas écoulé depuis la construction du marché Saint-Martin que Napoléon ordonna la création d'un nouvel établissement dans des proportions beaucoup plus étendues. Malheureusement les guerres que le premier empire eut à soutenir paralysèrent l'exécution de cet utile projet, ce ne fut qu'en 1817 que le marché fut bâti, par Petit-Radel. Alors le marché ouvert en 1765 fut abandonné, puis démoli ; et sur les terrains disponibles, l'on ouvrit une voie qui prit le nom de place de l'Ancien-Marché-Saint-Martin.

Le nouveau marché formait un quadrilatère ; le milieu était orné d'une fontaine, élevée sur les dessins de Gois et ombragée de magnifiques arbres, à l'ombre desquels les moutards venaient jouer au sortir de l'école. Les dimanches, autour de la fontaine, se tenait le marché aux oiseaux.

Vers 1830, les alentours du marché Saint-Martin furent envahis par *les écureuils*.

Ce surnom bizarre désignait les ouvriers qui venaient là chaque matin attendre d'être embauchés.

De 1830 à 1855, les usines à vapeur étaient peu nombreuses à Paris ; dans beaucoup de petits ateliers, les tours, les meules, les scieries mécaniques marchaient au moyen d'une roue qu'un homme mettait en mouvement, du matin au soir, de là le nom *d'écureuils*.

Il y en avait quelquefois cent cinquante, deux cents, sur le trottoir, appuyés à la grille, par tous les temps ; l'hiver, ils battaient la semelle ; l'été, ils jouaient au bouchon ; la plupart des *écureuils* étaient des déclassés ; j'ai connu deux prêtres, un notaire, un dessinateur de mérite, un grand usinier du faubourg et plusieurs ouvriers qui avaient été « de grosses culottes » dans leur métier, c'est-à-dire réputés pour les plus habiles, ils étaient tombés à un tel degré d'abrutissement qu'ils exécutaient machinalement leur travail de brute.

C'était un tableau curieux que de voir cette foule, et assurément le passant qui s'arrêtait à la contempler ne se doutait guère qu'il avait devant lui un grand exemple de notre manque d'organisation sociale et un échantillon de tous les vices qui conduisent insensiblement au dernier degré d'abjection.

Les *écureuils* étaient tombés si bas qu'ils n'auraient pas même eu l'énergie de voler ; ils se contentaient au reste de si peu, qu'une somme d'argent leur eût été inutile.

Généralement, les patrons à qui un ouvrier attitré manquait, venaient vers sept heures du matin, en hiver, et six heures en été, au carré Saint-Martin ; ils passaient les *écureuils* en revue et faisaient leur choix ; oui, mais l'*écureuil* n'acceptait pas sans s'être auparavant informé « pour combien de temps ! » il ne refusait jamais « un coup de main » en été surtout, c'est que ses besoins étaient limités.

A cette époque, la journée de travail était de onze heures ; l'heure de l'homme de peine, de l'*écureuil*, était payée vingt-cinq centimes, trente au maximum ; l'*écureuil* se contentait de trois heures de travail, soit soixante-quinze centimes qui se dépensaient ainsi : arlequin, dix centimes ; un verre de jaune ou de marc, dix centimes; coucher, quinze centimes, au *Grand bol,* rue Maubuée ou chez le *père Jean,* au faubourg du Temple; le pain ne coûtait rien; les *écureuils* marchaient par deux; lorsque l'un faisait ses trois heures, l'autre allait à la porte des grands restaurateurs, les garçons leur donnaient un tas de croûtes; pour le tabac, dans sa route il ramassait « les orphelins » (bouts de cigares ou de cigarettes) cela s'appelait « faire son Saint Vincent de Paul »; quant aux vêtements, le hasard y pourvoyait; pour la chemise, tous les dimanches, la mère François, au Temple, leur en fournissait une propre en échange de la sale, moyennant vingt centimes.

A mesure que les usines à vapeur se multiplièrent, les *écureuils* disparurent; vers 1880, ils étaient très rares, ils étaient employés seulement par les boulangers pour décharger leur bois et le mettre au fournil; le prix, pour cette *corvée,* était en moyenne de un franc, mais leur existence était absolument la même que vingt ans auparavant.

Dans le carré aux poissons, il existait une marchande que, malgré ses soixante-dix ans, on persistait à appeler la *belle Normande*; jamais on ne connut sa pareille pour *arranger* un client; c'est elle qui inventa l'expression de : *lapin de collidor,* pour désigner les laquais qui accompagnent leurs maîtresses au marché; elle fut, disait la légende, le professeur du célèbre écrivain Louis Veuillot; vraie ou fausse, je la raconte telle qu'elle m'a été contée :

Pendant quelques années, le grand polémiste arrivait chaque matin, il abordait ainsi la *belle Normande :*

— Combien tes deux maquereaux ?

— Trente sous tout au juste, mon gros chat.

— Trente sous, allons donc... J'en donne dix sous et je veux cette sole par-dessus le marché.

— Tu t'en ferais péter la sous-ventrière, faudrait y pas te les envelopper dans des billets de cent francs! Eh ! va donc, vieille poêle à marrons, vieux moule à gaufres.

— D'abord, reprenait Veuillot, ils sont à moitié pourris vos maquereaux.

— Pourri toi-même, fleur de sacristie.

Alors, Veuillot, qui tripotait insolemment les poissons depuis le début de la conversation, en laissait tomber un dans la boue, comme par maladresse, il le ramassait vivement et après l'avoir essuyé sur le fond de son pantalon, il le rejetait sur l'étalage ; alors la *belle Normande* débitait son chapelet :

— Dis donc, rognure d'abattoir, quand t'auras fini de débiner ma marchandise... des maquereaux pareils pour une bouillote comme la tienne, ce serait foutre des manchettes à un cochon... avec quoi que t'as débarbouillé ton écumoire à ce matin qu'il reste de la graisse dans les trous. Allons, ferme ta boîte ou je ch... dedans.

Cette aimable conversation continuait sur ce ton à la grande joie des marchandes.

Lorsque la rue Turbigo fut ouverte, elle fit disparaître plusieurs maisons curieuses de la rue Saint-Martin, une portion de la rue Montgolfier qui bordait l'entrée principale du marché Saint-Martin ; dans la maison d'angle, vers 1847, il existait un cabaret à l'*enseigne du Grand roi de Sardaigne* ; ce cabaret était tenu par un nommé Baptista, originaire de Turin, qui s'était fait naturaliser français, à preuve, disait-il, qu'il était sapeur dans la garde nationale de Paris ; le fait est qu'il avait une barbe du diable, un maquis noir et épais, un vrai bonnet à poil sous le menton.

Malheureusement, Baptista était un pochard de premier ordre, il fut pour cela exclus du corps des sapeurs parisiens.

Il en pleura dans sa barbe pendant toute une semaine ; enfin, à bout de larmes et de dépit, il prit une résolution énergique, il coupa sa barbe et la suspendit au-dessous de son enseigne accompagné de ce distique :

> Ma barbe, puisqu'on te dédaigne,
> Je te mets au menton du grand roi de Sardaigne.

Néron avait bien consacré sa barbe à Vénus ! Il n'y a donc pas que les sapeurs pour qui rien n'est sacré !

L'ouverture de la rue Turbigo fit également dispa-

raître une partie du passage de la Marmite, de la rue
au Maire et la rue Jean-Robert.

Le passage de la Marmite prenait rue des Gra-
villers, passait rue Phelipaux et finissait rue Volta.
C'était un des passages les plus grouillants et les plus
bruyants de Paris ; un très grand nombre de chau-
dronniers et de ferblantiers y étaient établis, de là
sans doute provenait le nom de passage de la Marmite, car il s'en fabriquait une grande quantité. Bil-
lion, le célèbre directeur de l'Ambigu, y avait une fabrique.

Dans la rue Phelipaux, à l'angle du passage, il existait
un petit cabaret borgne ; sur le mur de gauche on
voyait tout un appareil de rôtisserie, la broche traversait de part en part un lièvre superbe qui, quoique
écorché et doré par le feu, ouvrait des yeux grands
comme des portes cochères, une de ses pattes était
tendue dans la direction de la boutique et de sa
gueule s'échappait une banderole sur laquelle on
lisait : *allez voir à côté si j'y cuis!*

La rue au Maire datait de 1280, elle devait son
nom au *maire* ou bailli de Saint-Martin-des-Champs
qui y demeurait et y donnait ses audiences ; cette rue
avait une voûte, à l'entrée de la rue Beaubourg où se
trouve aujourd'hui le magasin du Moine-Saint-Mar-
tin ; la première crémerie établie à Paris le fut rue au
Maire.

Non loin de la voûte se tenait la marchande de

tripes à la mode de Caen ; son matériel se composait
d'un éventaire en osier, sur lequel était un petit fourneau supportant une énorme marmite pleine de tripes ;
toutes les petites ouvrières du quartier, et les demoiselles du marché du Temple qui arrachaient vos effets
pour vous en vendre d'autres, venaient faire queue
autour de la marchande. Un détail particulier, jamais
elle ne voulait servir ses pratiques dans une assiette,
elle leur enveloppait ses tripes dans un cornet de
papier ; comme ça la sauce ne vous étouffera pas, leur
disait-elle !

La *mère aux tripes* disparut vers 1863.

La rue Jean-Robert devait son nom à un marchand
de cirage qui vers 1765 vendait son produit dans les
rues et sur les places en débitant des calembours, il
est assez curieux de faire remarquer que cent cinquante ans environ plus tard en 1853, demeurait rue
Jean-Robert, depuis 1839, le fameux marchand de
cirage du marché des Blancs-Manteaux, connu sous
le nom de *l'Homme ciré ;* il était en effet ciré des
pieds à la tête, casquette, jaquette, pantalon, chemise tout était d'un noir de jais.

Il ne devint pas propriétaire comme son prédécesseur, toute sa fortune se composait d'un mauvais
panier plein de boîtes de différentes grandeurs ; pour
attirer les chalands, il se tapait sur les cuisses, il pi-
rouettait sur lui-même et poussait des cris effroyables. Ah ! ah ! sacré nom de Dieu comme

ça reluit dans ma boutique, 2, 3 et 4 sous, paf ! ! !

L'Homme ciré mourut en 1857, à l'hôpital, de chagrin de ne plus pouvoir crier.

La rue Jean-Robert restera célèbre dans l'histoire;
au n.° 24 aujourd'hui 18, habitaient un nommé Dubuisson et sa femme; ils avaient donné asile aux complices de Georges Cadoudal qui avaient su se dérober
aux recherches de la police; Villeneuve et Burban
Malabre, dit Buru, étaient recherchés activement; le
fameux commissaire Comminges se doutait qu'ils
étaient cachés chez Dubuisson, il se rendit accompagné d'une escouade de gendarmes rue Jean-Robert,
le 4 germinal an XII ; naturellement Dubuisson nia
énergiquement avoir chez lui les conspirateurs, les
agents allaient se retirer, lorsque l'un d'eux déplaça
une fontaine qui masquait une cloison, aussitôt il aperçut un filet de lumière, ils sommèrent Villeneuve et
Burban de se rendre, ces derniers ne répondirent
pas, alors les gendarmes tirèrent dans la cachette et
blessèrent Villeneuve; ils durent se rendre et furent
exécutés en compagnie de leurs complices.

Le marché Saint-Martin fut démoli en 1881 pour
faire place à l'École centrale des arts et manufactures
qui fut terminée en 1885.

Les *écureuils* dont le nom a été conservé se réunissaient au carré du Temple; mais ils sont de jour en
jour moins nombreux.

. . . .

De 1871 à 1885 on voyait errer comme une âme
en peine, dans les rues qui avoisinent les buttes Montmartre, un vieillard courbé par l'âge et surtout par la
misère, toujours propre, ne demandant jamais rien à
personne, il marchait drapé dans ses haillons, aussi
fièrement que don César de Bazan ; le pauvre homme
n'avait pas hélas ! de manteau, même troué ; son costume se composait d'un pantalon de coutil effiloché,
d'une vieille tunique de garde national, veuve de ses
boutons, il était coiffé d'un bonnet de police.

Les plus anciens habitants de Montmartre n'auraient pu dire depuis quelle époque ils voyaient le
bonhomme, on l'avait toujours connu ; quand les gamins le voyaient passer, ils couraient tous après lui,
le tiraient par les pans de sa tunique, lui faisaient
mille niches et l'appelaient *le père Patience*.

Ce sobriquet ne venait pas du calme qu'il montrait
quand les gamins le poursuivaient de leurs plaisanteries, il était dû à une cause plus originale.

Le père Patience de son vrai nom *Dumont* était
venu à Paris vers la fin de 1830 ; fils d'un riche industriel de Lille, à la mort de son père il hérita d'une
grande fortune ; son premier soin fut de la dévorer, il
fut, comme viveur, en grande réputation de 1830 à
1835 ; un jour il s'aperçut que les toiles de ses poches
se touchaient, petit à petit il vendit les derniers bibe-
lots qui lui restaient de sa splendeur passée, et ce ne
fut pas long ; bref, il se trouva du jour au lendemain

12

sans ressource et sans domicile, dans la plus affreuse des misères, c'est alors qu'il vint habiter Montmartre chez un ami.

Dumont n'était pas paresseux, il s'ingénia, chercha, non pas les moyens de reconstituer sa fortune, mais de vivre honorablement.

Tout en flânant il allait assister aux rassemblements des gardes nationaux ; il remarqua que la plupart d'entre eux n'étaient pas *astiqués*, que les « soldats citoyens » ne paraissaient pas avoir un amour exagéré pour le tripoli. Une idée lui surgit : aussitôt pensé, aussi fait, il emprunta quelques sous et alla chez le marchand de couleurs acheter une *patience* et un kilo de tripoli.

Il se mit en rapport avec les tambours des compagnies. Ces derniers lui donnaient la liste des gardes nationaux commandés pour la garde, soit à l'Hôtel-de-Ville, soit aux Tuileries ; il se rendait à leur domicile et moyennant quelques sous il *astiquait* leur fourniment.

Le *père Patience* était très aimé de ses clients à qui il racontait ses campagnes, ses faits d'armes avec une verve inimaginable ; il n'avait jamais été soldat, mais cela ne l'empêchait pas de dire que si on ne lui avait pas fait d'injustice, il eût été pour le moins chevalier de la Légion d'honneur. La fameuse légende du zouave qui racontait qu'à lui seul il avait fait douze prisonniers lui appartient. Quand un épicier naïf lui demandait comment il avait accompli ce prodige ; c'est bien simple, réponda t-il, je les ai cernés !

Pour *faire* un client nouveau, le *père Patience* employait un *truc* qui lui réussissait toujours, il énumérait les hauts personnages qu'il *astiquait*. J'astique jusqu'à la cantinière, disait-il en riant.

Sous l'Empire, le métier du *père Patience* alla en déclinant. Vint la guerre où les gardes nationaux se préoccupaient plus d'avoir du pain que de voir leurs boutons briller. Ce fut sa ruine.

Le brave homme ne pouvait se résoudre à vivre sans *astiquer*, il écrivait aux députés des lettres navrantes pour demander le rétablissement de la garde nationale ; mais aucun ne lui répondait. Il ne se lassait pas et adressait pétitions sur pétitions.

A la fin de 1885 il mourut dans son taudis en exprimant l'espoir que là-haut il y aurait peut-être une garde nationale.

XI

XI

Le *Jardin-Turc* ne fut pas toujours le café paisible d'aujourd'hui, rendez-vous des bourgeois du Marais, beaucoup d'artistes des théâtres du boulevard du Temple venaient y jouer le domino à quatre, les jours où ils étaient en fonds. Ce fut dans ce jardin que vers 1835, le fameux Jullien fit exécuter la célèbre valse de *Rosita*, appelée aussi la *Valse de Jullien*.

Jullien était un type très original. Étant en tournée en Écosse il écrivait à un ami resté à Paris pour le prier de lui envoyer quelques articles, qu'il ferait insérer là-bas.

Les recommandations de Jullien à son ami dénotent une profonde connaissance de la manière de certains journalistes pour confectionner un feuilleton.

Voici sa recette :

— Si tu peux dire un bien énorme, exagéré de l'Alboni cela facilitera la chose. — Prends un modèle, c'est-à-dire copie. — On arrange ou on dérange un article de Théophile Gautier, de Jules Janin ou de Berlioz ou même un mélange des trois, ce qui est encore moins reconnaissable. — Sois sobre d'adjectifs, riche de faits, c'est le genre anglais. — Ne cherche pas à être drôle, ne crains pas de l'être. — Écris comme cela vient, sois surtout long ; c'est le genre anglais, le cheval qui court le plus longtemps est le meilleur, disent-ils.

Jullien dirigea longtemps les concerts de la reine à Covent-Garden. Il devint fou en 1860, et mourut peu après.

A ce café on rencontrait souvent Gustave du Lazzari, Achille, Joly dit *René le doyen*, Debureau, Deruder, etc., etc.

Joly, ancien danseur de l'Ambigu, fut poursuivi par le parquet pour avoir exhibé, passage des Panoramas, devant un magasin de modistes, ce que M. Thiers fit voir par une fenêtre à Grandvau en 1834, à la suite d'un banquet. Cette histoire est connue sous le nom de *l'Orgie de Grandvau* elle inspira à Gérard de Nerval (dit-on) ce barbare quatrain :

QUESTIONS DE WATER CLOSET

Je viens de mettre dans un trou rond
Ce qu'un jour avec impudence
Le ministre Thiers sur un balcon
Fit voir aux citoyens de France.

Achille, le grrrand premier rôle du Lazzari, jouait des pièces qu'il fabriquait sur commandes de son directeur, moyennant la somme de 15 francs, une fois payée. Il avait écrit entre autres les *Catacombes de Rome;* c'était un monologue en vers; chaque fois qu'il venait de jouer cette scène, il descendait chez le marchand de vin maître Henry, et s'écriait :

— *R' f'ilez-moi un guindal; je n' l'ai pas volé.* Quand Frédérick Lemaître l'enverra comme moi celle-là, *y tombera du boudin grillé!* L'année prochaine, *j'enquille* aux Français !

Gustave, également, joua longtemps au Lazzari, il créa le principal rôle dans les *Chiffonniers et balayeurs,* une pièce en vers attribuée à Casimir Delavigne.

Cette pièce avait sa légende.

Casimir Delavigne, voulant récompenser son demestique, lui en avait fait cadeau. Le domestique, qui fréquentait les artistes du Jardin-Turc, avait des ambitions littéraires; il voulait être auteur comme son ancien maître, il parla de *sa pièce* à Gustave. Ce dernier le patronna auprès du directeur : la pièce fut acceptée d'emblée et représentée avec un certain succès.

Dans le *Traître*, drame en trois actes de Donvin (Charles Joliguet), l'auteur de la *Chambre verte*, en collaboration avec Desnoyers, Gustave jouait le rôle d'un jeune militaire, poursuivi par des Arabes. Dans un moment d'affolement, il se réfugiait sur un arbre assez élevé ; les Arabes l'aperçurent, ils se groupèrent autour du tronc. Pour les attendrir, il leur racontait ses malheurs, ses regrets du village, il leur parlait de sa fiancée Annette qui l'attendait pour se marier, quand tout à coup il éprouvait une violente colique, il se tenait le ventre à deux mains et faisait des grimaces et des contorsions effroyables ; puis il laissait échapper... ces paroles navrantes :

— Dire que je suis ici quand j'aurais besoin d'être ailleurs... Seigneur ! mon Dieu ! ayez pitié de moi, changez-moi en *faisan !!*

Gustave était, en 1885, *aboyeur* au boulevard de Strasbourg.

Auguste Luchet était un assidu du Jardin-Turc ; il avait une passion pour le kirsch. Le patron n'était pas dur, il faisait volontiers crédit ; aussi la note de Luchet était-elle formidable : il devait deux mille francs de petits verres !

Un jour, le patron lui présenta sa note : — J'ai bien besoin d'argent, lui dit-il. — Ah ! c'est comme moi, dit Luchet. La conversation en resta là.

Un soir, Luchet arriva rayonnant : — J'ai trouvé une combinaison pour vous payer, dit-il à la patronne, qui trônait au comptoir, la voici :

— Vous savez qu'un très grand nombre d'amis viennent, chaque jour, me voir, eh bien ! toutes les fois qu'ils m'offriront quelque chose, le garçon, au lieu de me verser du kirsch, me versera de l'eau et vous défalquerez le prix du petit verre de ma note. Le contrat fut accepté et Luchet libéra sa dette !

. . . .

Au rendez-vous des Briards, cours de Vincennes, parmi les célébrités qui s'y rencontrèrent (Voir *Paris oublié*, Dentu éditeur), j'ai omis de parler de Paulowski, un des fondateurs du journal l'*Ours*, qui continuait le *Bon Sens*, rédigé par M. de Cormenin ; j'ai omis également Léon Gozlan, Royer, l'écrivain marchand de bois du marché Lenoir, Courbier et enfin Monzègue.

A la suite d'une formidable repaille, Royer mourut et fut enterré à Montmartre. Après l'enterrement, toute la bande joyeuse alla faire le déjeuner traditionnel, composé de pain et de fromage, arrosés de petit bleu à huit sous le litre. Ce repas avait lieu chez un marchand de vin du boulevard Rochechouart.

Ce marchand de vin avait pour enseigne un tableau

dû au pinceau du *Raphaël de la Chopinette* ; il représentait un domestique qui suivait son maître élégam-
ment vêtu. L'illustre d'Avignon, l'inimitable illustra-
teur des enseignes de la banlieue de Paris, avait
calligraphié en splendide anglaise au-dessous du tableau la légende suivante : *Je suis ce que je suis,
j'étais ce que je suis, je serais mieux que ce que je
suis.*

La plupart des rédacteurs de l'*Ours* étaient pré-
sents.

Alphonse Karr, un des collaborateurs de cette
feuille, se plaignait sans cesse que ses amis ne le faisaient pas assez ressortir. — Ils m'étouffent, disait-il
amèrement. La conversation tomba sur ce sujet ;
Alphonse Karr recommença ses récriminations habi-
tuelles. Courbier, le fameux joueur de billard du café
du Grand-Balcon, boulevard des Italiens, s'esquiva
sans bruit et passa dans la cuisine du *Mannezingue*,
comme on disait alors ; il prit plusieurs morceaux de
charbon et rentra doucement dans la salle. Alphonse
Karr continuait d'expliquer ses griefs à un auditeur
patient, Courbier fit signe à ses amis ; ils partirent
tous les uns après les autres, sans qu'Alphonse Karr
s'en aperçût, tant il était absorbé par sa conversation.
Dans la rue, Courbier leur expliqua son plan ; tous se
répandirent dans le quartier Pigalle et dans les rues
avoisinantes, jusqu'à la rue des Petits-Hôtels où
étaient les bureaux de la rédaction de l'*Ours*.

Lorsque Alphonse Karr se décida, beaucoup plus tard, à regagner le chemin de la rédaction, il put lire avec stupeur sur tous les murs qu'il rencontra sur sa route : *Karr-acole*, *Karr-a-chaud*, *Karr-bonate*, *Karr-nivore*, *Karr-de-beurre*, *Karr-a-fon*, *Karr-mélite*, *Karr-touche*, *Karr-ottier*, *Karr-pe-frite*, *Karr-deur-de-matelas*, *Karr-abi*, *Karr-leur-de-souliers*, *Karr-amba*, *Karr-oubier*, *Karr-thagène*, *Karr-tomancie*, *Karr-te-à-jour*, *Karr-teau-de-vin*, *Karr-can*, etc., etc.

On peut aisément se figurer l'ahurissement de l'auteur des *Guêpes* à la vue de ces grotesques inscriptions ; furieux, il entra chez un charbonnier voisin, prit à son tour un morceau de charbon et écrivit sur la porte de la rédaction en grandes capitales : *Karr-avance-et-raille*.

Courbier était le célèbre continuateur du fameux Monzègue, le plus fort joueur de billard *au même* de cette époque, qui faisait le désespoir de lord Seymour (milord l'arsouille). Courbier était un homme de taille moyenne, figure très pâle, cheveux très noirs, un œil de diamant très énergique ; très fort aux armes, adroit à tous les exercices du corps et connaissant à fond tous les jeux possibles ; il passait jusqu'à quatre nuits à boire sans penser à dormir.

Un tour d'adresse qu'il exécutait souvent consistait à placer la bille blanche près d'une des blouses, la bille rouge à la pénitence : ayant la main gauche comme point d'appui, il faisait sept points, sans jamais

13

manquer son coup, en sautant de l'autre côté du billard.

Son prédécesseur Monzègue, le *Berger* du temps, était aussi d'une force supérieure à tous les exercices. Un jour un pari s'engagea dans une des réunions littéraires qui avaient lieu à certaines époques au *Rendez-vous des Briards;* les paris étaient nombreux, lord Seymour avait, disait-on, couvert deux cent mille francs.

Il s'agissait, étant monté sur *Cocotte la fringante*, jument de la maison, venant de la barrière du Trône, c'est-à-dire de la maison de Bourguignon le lapidaire, de loger une balle dans le cœur d'un marmot en carton piqué sur un des ormes de l'avenue.

Monzègue enfourcha la jument et, passant au triple galop devant l'orme, il troua le cœur du marmot au grand ébahissement des assistants et de *milord l'Arsouille* en particulier.

Pour célébrer ce tour d'adresse, on mit en réquisition toutes les casseroles, tous les vaisseaux, les couteaux, les cuillers, les fourchettes et les cristaux des maisons voisines. Le champagne coula à flots dans la salle aux rideaux à carreaux rouges du cabaret du père Blacher.

On fit également défoncer deux pièces de mâcon devant la porte, afin que les passants pussent se désaltérer.

Quatre jours après, lord Seymour se fit reconduire

chez lui, dans un tombereau de boueux, conduit par
son vainqueur Monzègue, couvert de fleurs et de rubans, costumé comme le postillon de Lonjumeau.

. . . .

Le café du Bosquet, surnommé le *concert à la corde*,
était, vers 1840, un établissement situé dans les
Champs-Élysées, exactement à l'endroit où se trouve
aujourd'hui le café des Ambassadeurs.

Le pavillon figurait une chaumière rustique, garnie
de lierre, de vigne vierge et de clématites ; dans des
massifs poussaient d'énormes soleils, et de place en
place, des lauriers-roses et blancs alternaient avec
des géraniums.

La chaumière était au milieu d'un carré formé avec
des cordes ; l'orchestre était en plein vent ; quel orchestre, bon Dieu ! Une femme jouait du trombone,
une autre de l'ophicléide, un flageolet, une contrebasse et une grosse caisse complétaient l'ensemble.

La femme trombone, surnommée la grosse Louise,
chantait aussi la romance sentimentale ; le gros Fleury
était le comique préféré des habitués ; sa chanson favorite était *le Chiffonnier de Paris :*

> J'suis chiffonnier avec honneur,
> C'est l'métier que j'préfère faire.

. . . .

Avant de chanter sa chanson, Fleury endossait un
pantalon rouge, un habit d'académicien et se coiffait

d'un bonnet de police d'une hauteur immense ; il se barbouillait la figure avec du caramel et laissait passer un vieux torchon par le fond de sa culotte : il s'attachait sur le dos un vieux mannequin, allumait une lanterne et, muni d'un crochet, il faisait le tour du carré Marigny, simulant l'ivresse et essayant de lire les affiches. La foule s'amassait ; alors il faisait son boniment : — Tiens, je vas aller entendre chanter la belle Louise au *concert de la corde*. La foule le suivait ; il la ramenait et la faisait entrer en assurant qu'il n'y avait pas de courant d'air.

Les consommations étaient très bon marché ; les artistes, après chaque chanson, faisaient la quête dont le directeur retenait une part convenue.

Cet établissement disparut à la transformation des Champs-Élysées.

. . . .

En 1853 disparut la petite foire qui se tenait sur l'emplacement de la caserne du Prince-Eugène, nommé alors place du Château-d'Eau. Le terrain sur lequel elle était située donnait sur la rue du Haut-Moulin d'un côté et sur la rue Basse-de-Bondy de l'autre ; une des faces donnait sur le faubourg du Temple, l'autre rue de la Douane. Un marchand de vin, qui avait pour enseigne : A la Porte-du-Temple, en faisait le coin ; la porte du Temple était représentée en fer forgé au-dessus de la porte ; c'était un véritable objet d'art. En face se trouvait la rue Basse-du-Temple; elle bordait les derrières des théâtres dont les façades étaient sur le boulevard du Temple. Au coin de la rue Basse, il existait un marchand de tabac qui vendait du cassis (!) à un sou le verre; ça s'appelait : un *pierrot*. Dans l'argot du faubourg, on disait : Allons-nous étouffer un pierrot?

Sur cette place, il y avait des jeux de toutes sortes : balançoires, chevaux de bois, tireurs de porcelaines, chanteurs ambulants, marchands de gaufres et une collection complète de saltimbanques. Sur la rue de la Douane se tint longtemps le *Diorama*, dirigé par M. Daguerre, qui donna son nom à sa découverte de fixer les traits humains sur plaque, en collaboration avec l'ami soleil. On y admirait : *l'éboulement de la vallée du Goldo, le tremblement de terre de la Martinique, le combat de Trafalgar, la messe de minuit*, etc, etc.

Tous ces tableaux étaient d'un effet saisissant et d'une illusion indescriptible; jamais mieux n'a été fait depuis.

A côté se trouvait *la loge de la suspension éthéréenne :* à la vue du public, on endormait une jeune femme; ensuite on lui posait le coude sur une queue de billard; puis on l'enlevait par les jambes, de façon à la placer dans une position horizontale. Elle restait suspendue dans l'espace aussi longtemps qu'il plaisait aux spectateurs. C'était une très jolie fille; elle fut enlevée par un Anglais qui dirigeait un cirque en Hollande.

Ce fut une négresse, nommée *Fleur-de-Neige*, qui la remplaça.

Parmi les hercules, on remarquait : Laroche, Masson, le père Honoré et Hainsselin. Ce dernier était à ses moments perdus garçon dans le chantier de bois de Mme Convert; ce chantier, qui avait pour enseigne un gigantesque grenadier de la garde de 1812, était situé au coin de la rue Amelot.

Ce fut dans la *loge éthéréenne* que *Baptiste*, dit *Frise-Poulet*, eut l'idée de changer le costume traditionnel de *Jocrisse* pour un costume de *Breton*.

Baptiste est resté célèbre dans le monde de la *banque;* il travailla de longues années avec *Sabra* et *Moreau-Virlette*.

Baptiste était un enfant du faubourg Saint-Antoine; du *faubourg souffrant*, comme il disait. Il avait des aptitudes particulières pour amasser la foule et la retenir par ses boniments sans cesse renouvelés. Ce fut lui qui inventa le jeu des lettres de l'alphabet; il demandait au *patron :*

— Quelles sont les lettres les moins bien en voiture ?

— Je ne sais pas !

— Eh bien ! bourgeois, ce sont les lettres K, O. T.

— La lettre qu'une jeune fille redoute le plus ?

— La grosse S.

— La lettre que les petits enfants aiment le mieux ?

— La lettre I.

— Les lettres que les employés aiment le moins?

— V, G, T.

— La lettre favorite aux gastronomes?

— L'A petit.

— Et enfin les trois lettres les plus douloureuses?

— Q, K, C.

Baptiste jouait du violon d'une façon remarquable et chantait la *belle Bourbonnaise* d'une manière si originale, que dans son auditoire on voyait souvent des gens du monde venu exprès pour l'entendre.

Baptiste chantait également la fameuse scie du *Poux et de l'Araignée* qui a fait le tour des ateliers de Paris; cette scie n'a, je crois, jamais été imprimée; il serait, d'ailleurs, difficile d'en dire l'auteur, car chacun a ajouté des couplets, la voici telle qu'elle était chantée en 1845.

LE POUX ET L'ARAIGNÉE

Un jour un poux dans la rue
Rencontra chemin faisant
Une araignée bonne enfant.
Elle était toute poilue,
Elle vendait des verres cassés,
Pour s'ach'ter des vieux souliers.

Le gueux voulant la séduire,
L'emmène chez le marchand d'vin,
Lui paye cinq à six brocs de vin.

L'araignée se met à rire,
Car elle ne se doutait guère,
De ce que l'poux voulait lui faire.

Il lui offre d'abord une prise,
Lui disant d'un air gracieux :
Fourre-toi ça sous le trou des yeux,
Essuie-toi avec ta chemise.
L'araignée n'en avait pas,
On lui voyait ses appas.

V'là les horreurs qui commencent,
Les chaussettes sont savonnées,
Que d'six paires elle peut changer,
Tant elle éprouve d'jouissance,
C'qui fait qu'elle fut obligée,
D'monter à la maternité.

Les parents de l'araignée
Arrivent tout en colère.
Ils lui disent : Petite vipère,
Te voilà déshonorée.
L'araignée, de dés. spoir,
S'est flanqué trois coups d'rasoir.

Voilà le poux tout en larmes,
Qui pleure et s'arrache les cheveux.
Y s'met à prier le bon Dieu,
Et monte sur les tours Notre-Dame.
De là-haut il s'a jeté,
Dans la hotte d'un carleu de souliers.

Ceux qui trouvent l'histoire banale
Se fichent le doigt dans l'œil,
On pourrait faire un gros recueil

> Avec c'qu'a contient de morale.
> Ça dit aux jeunes filles, qu'est bien
> D'pas aller chez le marchand d'vin.

Cette morale a une variante :

> Vous qui écoutez l'histoire,
> Du poux et de l'araignée,
> Plaignez leur triste destinée,
> Car ça fait d'la peine à croire,
> Ils reposent à Montfaucon
> Dans un énorme tas... d'bouchons.

Rien ne pourrait rendre l'effet que cette *balançoire* produisait sur le public.

Baptiste était un homme de grand cœur ; sous son masque gai, gouailleur, se cachait un grand chagrin qui le tuait lentement ; il vivait avec sa vieille mère malade depuis vingt ans, il l'entourait des soins les plus attentifs ; aussitôt sa séance terminée, il endossait sur ses oripeaux un mauvais paletot et courait embrasser sa mère malade, les soins du pauvre homme ne purent empêcher la mort de la lui prendre ; ce fut pour lui une terrible douleur.

Peu après cette mort, on voyait le pitre s'arrêter au milieu d'un boniment qui faisait tordre la foule de rire, il se détournait pour cacher ses larmes, il pensait à la vieille, la foule riait de plus belle et applaudissait au talent de *Frise-Poulet* qui riait et pleurait à la fois.

13.

La dernière fois qu'il parut en public, au milieu d'une chanson comique, il s'arrêta, brisa son violon et se mit à sangloter :

— Je ne peux plus, je ne peux plus, dit-il, la mort m'appelle.

Il s'enfuit comme un fou.

Rentré chez lui, il s'alita et mourut quelques jours plus tard en 1859.

.   .   .   .

Le *père Larose* dit *Briochet* était bien connu au Château-d'Eau, invariablement coiffé d'une casquette de loutre, habillé d'une grande veste de peluche et d'un pantalon de velours marron, cravaté avec un foulard qui faisait plusieurs fois le tour de son cou et chaussé de galoches en *cuir de brouette*, il vendait des brioches l'hiver, c'était le pâtissier du Petit-Lazari qui le fournissait.

Il circulait dans la foule, un plateau dans la main, il le tenait en l'air et criait :

— Qui qu'en veut... L'zenfants, brûlez-vous la gueule et cassez-vous les dents... mangez l'zest,... . croquez l'zest... avalez l'zest... surtout ne vous mordez pas la langue, vous seriez capables de vous empoisonner !

L'été, il avait sur le dos une fontaine en fer-blanc surmontée d'une galerie en cuivre doré laquelle supportait Napoléon Ier sur un piédestal ; aux bretelles en velours grenat soutenant la fontaine étaient atta-

chés des gobelets en cuivre argenté, il était ceint
d'un tablier d'une blancheur immaculée ; il annonçait
sa marchandise en faisant tinter une petite sonnette
et en criant :

— A la fraîche ! Qui veut boire ! Deux liards le
verre !

Briochel était le créancier des gamins, il leur faisait crédit jusqu'à concurrence de huit liards, il les
appelait mes petits *fouyoux,* cette expression resta
et remplaça celle de *titi* ; le bonhomme disparut avec
le boulevard comme le type du marchand de coco.

. . . .

Dans la rue Basse-de-Bondy existait, vers 1838,
en face la station des omnibus un coiffeur qui eut une
grande vogue.

Van Amburg, le dompteur, donnait des représentations au théâtre de la Porte Saint-Martin ; un soir
il fut mordu à la cuisse par son lion, il n'hésita pas et
le poignarda en scène ; ce coiffeur, homme de génie,
acheta les dépouilles du lion, en confectionna une
pommade pour faire repousser les cheveux et fit dans
les journaux une réclame monstre ; l'efficacité de ma
pommade est si grande, disait-il dans ses prospectus,
que pour la préparer il faut que je mette des gants,
autrement les cheveux me pousseraient sur les mains.

La bêtise humaine est si grande, que ce coiffeur
vendit pendant VINGT-HUIT ANS la pommade du lion
de Van Amburg.

. . . .

Le *bal des Navets* longeait la rue du Château-
d'Eau, c'était une grande baraque construite avec des
démolitions ramassées un peu partout ; ce bal était
le rendez-vous des cuisinières, des bonnes et des garçons bouchers et épiciers du voisinage ; l'orchestre
était conduit par Antony Lamothe ; ce nom de *bal
des Navets* lui avait été donné à cause des cuisinières
qui le fréquentaient ; il fut démoli pour faire place au
café Parisien, lequel fut démoli à son tour pour faire
place à un Panorama.

XII

XII

Le Montparnasse d'aujourd'hui n'est plus le Montparnasse d'autrefois ; comme pour Belleville, Cha-
ronne, Montmartre, l'abolition des barrières lui a
porté un coup fatal ; il y a bien encore un peu de
gaieté dans la rue de ce nom, mais elle n'est pas
franche, bruyante, champêtre comme il y a vingt-
cinq ans : les berceaux et les tonnelles n'existent
plus et leurs parfums ne combattent plus les odeurs
de la friture qui s'échappaient par les devantures
des marchands de vin et empoisonnaient l'atmosphère.

Partant de l'ancienne barrière, traversant la rue de

la Gaîté et la chaussée du Maine, on rencontre la rue Vercingétorix ; au milieu de cette rue, il existe une sorte de carrefour; à droite et à gauche se trouve une rue qui se nomme *rue du Moulin-de-Beurre* ; toutes les rues avoisinantes forment une agglomération connue sous le nom de : Plaisance.

Il existait jadis, sur cet emplacement, une grande quantité de moulins à vent ; dans le carré du cimetière Montparnasse, où se trouve la tombe des quatre sergents de La Rochelle, il existe les vestiges d'une vieille tour ; elle provient du monastère que Marie de Médicis fonda au xive siècle ; il fut habité par les frères de la Miséricorde, dans cette tour était le moulin qui s'appelait du Mont-Parnasse.

Cette série de moulins avait ses appropriations ; celui du *Mont-Parnasse* était le *Moulin des Douleurs*; celui de *la Vierge* était le *Moulin de la Rédemption* ; le *Moulin de Beurre*, celui des *Plaisirs*; le *Moulin Vert* était le lieu de réunion des *Lurons*.

La ferme du *Moulin de Beurre* fut construite au commencement du règne de Louis XV, elle devint aussitôt le rendez-vous des seigneurs et des abbés de ruelles, les grandes dames naturellement étaient de la partie ; tout ce monde y venait jouer à la bergère, on y buvait du lait que l'on trayait soi-même ; on y échangeait des roses et des rubans, c'était une pastorale en action, du pur florian.

On n'y consommait pas que du lait, il s'y faisait de

fins et succulents repas, desquels était banni l'amour
platonique.

Les buveurs de lait babillaient :

> Entrez dans la danse,
> Voyez comme on danse,
> Sautez, dansez,
> Embrassez vos bien-aimées.

Les soupeurs entonnaient après boire les refrains
les plus égrillards, et à l'ombre des rosiers et des lilas,
plus d'un mariage se fit sans le secours du tabellion
et du curé.

> Serments d'amour et serments de maîtresse,
> Autant, autant,
> En emporte le vent.

Il arriva au *Moulin-de-Beurre* une aventure singulière; un riche financier fermier général, plus gour-
mand qu'amoureux, ayant, comme dit le proverbe,
l'esprit où les poules ont l'œuf, plus laid que Mirabeau et Roquelaure réunis, planté sur des fiûtes au
bout desquelles étaient deux pieds qui auraient fait
éclater de jalousie feu Dupin aîné. Cet entasseur
d'écus grappillés sur les fournitures de l'État possé-
dait une des plus jolies femmes de Paris ; c'était une
châtaine aux yeux bleus et au teint d'albâtre ; l'incar-

nat de ses joues semblait avoir été ravi à celui de la
pêche. Ducrottoir, son mari, étant toujours en course
pour le service des armées du roi, laissait sa jeune
femme maîtresse d'elle-même. Aussi était-elle fort
courtisée ; son cœur n'était pas d'un accès facile ;
néanmoins, un jeune cadet de famille, scribe au Châtelet, avait attiré son attention ; elle le préférait aux
seigneurs de la cour. Un jour, par hasard, le jeune
homme vint communiquer des pièces au fermier général. Celui-ci l'interrogea ; ses réponses claires et
concises lui plurent, il le retint à dîner.

Ce scribe se nommait de Bussière. En peu de
temps il devint familier de la maison, madame et lui
s'étaient marché sur les pieds, sous la table, ils
s'étaient furtivement serré la main. Un jour, dans une
promenade au jardin pendant que Ducrottoir était
baissé pour cueillir des fleurs, leurs lèvres se rencontrèrent........ ils ne pouvaient en rester là. Ducrottoir
partit en voyage, de Bussière dut cesser ses visites ;
le monde est si méchant et les valets sont si curieux ;
Il faisait bien quelques apparitions, mais il fallait
prendre des précautions désespérantes pour déjouer
les soupçons. Vint un jour, où, pour échapper aux
regards jaloux, ils se donnèrent rendez-vous à la
ferme du Moulin-de-Beurre. Le jour bienheureux
arrivé, ils se rencontrèrent. Le déjeuner fut commandé, en attendant ils allèrent se promener dans le
bois voisin. Ils prirent d'abord la grande allée, puis

une transversale, puis un étroit sentier. Ils s'en-
laçaient, leurs cœurs battaient, leurs yeux parlaient,
leurs bouches se rencontraient, leurs baisers se con-
fondaient. Comment cela se fit-il ? Ils se trouvèrent
égarés dans le bois. Ils cherchèrent une petite clai-
rière masquée de buissons épais ; ils la trouvèrent
facilement. C'était une pelouse épaisse, moelleuse,
émaillée de marguerites et de violettes qui semblaient
inviter au repos.

Il est certains objets gênants dans la toilette des
femmes. Elle ôta son chapeau, puis sa mante, puis
son surtout, enfin elle se mit à son aise. Oui, mais
restait la tournure, l'énorme panier que les dames
portaient à cette époque. C'était bien gênant pour.....
s'asseoir ; elle s'en débarrassa et le posa près d'un
arbre..... Il fut vite oublié : alors on entendit des
tendres soupirs ; les baisers se multipliaient, ils ne
pouvaient même plus se dire : je t'aime ; ils se le souf-
flaient..... puis le souffle vint à manquer, ils s'étaient
tant aimés !

Mais la félicité a ses bornes. Après s'être juré un
amour éternel, ils songèrent au déjeuner. A ce moment une tempête furieuse éclata ; les arbres, secoués
par un vent épouvantable, craquaient, le tonnerre
grondait et la pluie ruisselait en larges gouttes. Ils se
levèrent précipitamment et commencèrent à s'habiller
à la hâte ; mais tout à coup, le vent s'engouffra dans
la tournure de la pauvre femme ; elle franchit les buis-

sons, les arbres, les arbustes. Alors commença une course effrénée; le polisson est poursuivi avec acharnement, pas moyen de le saisir, il s'échappe. Ils pataugent, ils barbotent; tout à coup de Bussière tombe sur son derrière; elle glisse dans une ornière et y laisse un soulier de prunelle. Enfin ils se remettent en route, toujours cherchant à rattraper la maudite tournure, mais un coup de vent la fit disparaître.

Éreintés, trempés, maculés de boue, dans le désordre le plus complet ils regagnent la *ferme du Moulin-de-Beurre*; ils déjeunèrent à la hâte, puis partirent en voiture pour l'hôtel de la rue Culture-Sainte-Catherine.

Mme Ducrottoir se déshabilla vivement sans le secours de sa camériste. Malheureusement elle laissa sa robe en évidence; on ne pense jamais à tout.... Le lendemain, les domestiques se creusaient la cervelle pour comprendre pourquoi le teinturier avait eu l'idée de lui faire deux gros ronds verts derrière sa robe.

Quelques années plus tard, une réunion de savants eut lieu à l'effet de délibérer sur une découverte des plus curieuses et pouvant intéresser la science au plus haut point.

Un cantonnier, en creusant un fossé que le temps avait comblé, avait découvert les restes d'un squelette fort curieux, en ce sens, qu'au lieu d'avoir les côtes en travers il les avait en long.

Les savants se rendirent sur les lieux et donnèrent chacun leur avis. Beaucoup se déclarèrent incompétents; lorsqu'un homme fort grave, qui venait de descendre de carrosse, et qui n'était autre que le procureur du roi au grand Châtelet, s'avança au milieu du groupe.

Après un examen attentif, il déclara que ce débris n'était autre que la carcasse d'un poisson antédiluvien qui dans les temps primitifs naissait à l'abri de deux montagnes, protégeant deux abîmes, dont l'un était un cours d'eau, on le nommait *poisson de montagne.*

Ce fut un événement dans le monde savant que cette découverte ; des controverses s'établirent, une avalanche de brochures surgit pour ce monstre.

Dans le carrosse où remonta le procureur du roi était une dame voilée. C'était Mme Ducrottoir, l'ancien scribe était le procureur. Ils faillirent étouffer de rire en songeant que tant de tapage se faisait autour de la malheureuse tournure.

On m'assure que le squelette du *poisson de montagne* est encore aujourd'hui au musée anatomique.

Il y a environ soixante ans, la *ferme du Moulin-de-Beurre* était dans sa pleine vogue. Sous Charles X et sous Louis-Philippe elle était encore le rendez-vous de prédilection des joyeux drilles et des gourmands. Après la Révolution de 1848, Mme Chavigny, une bonne grosse auvergnate, en fit un restaurant de famille. C'était toujours joyeux, mais la gaieté était plus calme, plus observée, plus bourgeoise.

Il y avait des jeux de siams, de tonneaux, des escarpolettes, des toupies hollandaises, de boules et d'anneaux.

Les hommes jouaient au piquet sur les tables en bois blanc, ajustées sur quatre pieux grossiers fichés en terre. Les antiques pots de faïence brune, cerclés de fer-blanc, avaient été remplacés par des litres à double cordon et par la bouteille à *quinze* cachet vert !

Les jeunes filles se balançaient ; les femmes potinaient, en attendant l'omelette au lard et le lapin sauté. On n'y épluchait pas la salade soi-même comme chez Ory, le beau-frère du grand Richefeu, parce que le jardin était si bien soigné, peigné, ratissé, que la mère Chavigny aurait crié au scandale si une feuille était tombée sur le sol.

Dans cette vaste propriété il existait des petits pavillons qui étaient sous-loués à des particuliers. Les dimanches et fêtes, par leurs fenêtres, ils causaient avec les consommateurs ; il arrivait même souvent que tout ce monde fraternisait en trinquant, partageant leurs plats, ne formant plus qu'une unique société. Tout commençait bien, tout finissait bien. Parfois, quelques semaines plus, tard on y dansait à un mariage ébauché sous les ombrages.

Sous l'Empire, la *ferme du Moulin-de-Beurre*

perdit peu à peu sa vogue. Quand Plaisance devint Paris, elle fut délaissée tout à fait et plus tard démolie. A sa place, en 1881, on construisit une superbe villa en briques, précédée d'un pavillon en forme de tour hexagone auxquels attiennent une foule de petits logements. La villa est précédée d'une élégante grille.

Cette villa est occupée en partie par des jeunes peintres et des jeunes sculpteurs; il était dit que cet emplacement servirait de refuge à la jeunesse et à la gaieté.

Malakoff est tout proche; le fondateur et propriétaire de cette cité, située rue de Vanves, était un petit courtaud, nommé *Chauveau*, ancien garçon boucher; il avait amassé dans différentes spéculations une immense fortune; après la guerre d'Italie, il fit construire une pyramide, qu'il baptisa du nom de *Villafranca*, en mémoire de la victoire de ce nom (la pyramide existe encore); pour l'inauguration de son *monument*, Chauveau adressa un hommage à Napoléon III. La légende raconte que l'empereur lui fit parvenir à titre de récompense la somme de cinquante mille francs; lorsque Chauveau mourut, il se produisit à son enterrement un incident des plus curieux.

Comme on ne connaissait pas sa famille, ou plus tôt comme les soi-disant ou vraiment parents ne se reconnaissaient pas entre eux, une querelle effroyable s'éleva à la levée du corps, pour savoir qui conduirait le deuil; chacun voulait être le plus proche parent; le cercueil qui devait être porté à bras, était déjà enlevé, lorsqu'une bousculade se produisit; les coups de poings tombaient drus comme grêle, défonçant les chapeaux et meurtrissant les visages; les femmes affolées jetaient les hauts cris, en quelques minutes la mêlée devint générale et le cercueil fut précipité à terre sans dessus dessous, la bataille continua acharnée, enfin la gendarmerie arriva, et on courut chez Ory chercher quatre hommes de peine pour remplir l'office de porteurs.

Le cortège se dirigea vers le cimetière, et le soir, vainqueurs et vaincus qui avaient fini par se reconnaître, chantaient à tue-tête chez Richefeu, en noyant leur chagrin dans des flots de petit bleu.

Le père Chauveau a laissé son nom au boulevard qui conduit à Malakoff, et à la rue qui passe devant la villa.

Bien des petits cabarets célèbres sont également disparus, rue Didot, le *Moulin Vert,* rue des Plantes, le *Moulin des Bondons,* ainsi nommé parce qu'on y vendait des fromages; rue de Vanves, le *Moulin de la Vierge* et enfin le *Jeu de Boules.*

Parmi les cabarets célèbres de l'ancienne barrière Montparnasse, la *Grande Californie* tient une large place; elle fut imaginée par le *père Cadet,* ce n'était pas un philanthrope de carton comme le bazardier de l'Hôtel-de-Ville; il était réellement désintéressé, car

non seulement il vendait bon marché, mais il distri-
buait gratuitement, sans affiches et sans réclames trois
cents soupes et autant de portions par jour.

La véritable entrée de la *Californie* était rue Poinsot, il en existait une seconde chaussée du Maine, et
enfin une troisième sur le petit passage de la Californie.

Cet établissement fut ouvert en 1849.

La rue Poinsot commence au numéro 10 de la
chaussée du Maine, elle a quatorze numéros, l'entrée
principale de la *Californie* est occupée par une grille ;
il y a sur l'emplacement de la *Californie* trois passages et deux cours ; un grand bâtiment carré, l'ancienne cuisine dont les portes sont surmontées d'im-
postes à petits carreaux et dont les fenêtres sont à
guillotines, a été conservé, il n'y manque que les
rideaux en toile à matelas ; ce bâtiment abritait tout
un monde de petites industries, le second passage
parallèle est loué par des apprêteurs de soies, à
l'endroit où se trouvent leurs établis, étaient les four-
neaux du père Cadet.

Le pasage des Vaches qui correspondait avec la
Californie aboutissait au numéro 4 de la rue Poinsot.

Sur l'emplacement d'un des grands hangars qui
servaient de salles à manger, à la sortie de la petite
rue du Maine, au numéro 14, on a construit un immense lavoir.

En pénétrant dans l'établissement, on rencontrait

14

à gauche, de grands hangars construits en planches ;
quelques arbres chétifs, rabougris, que le père Cadet
appelait : mon jardin, ornaient l'entrée ; sous ces
hangars des tables et des bancs étaient fixés au sol,
on servait les clients dans de la vaisselle vernissée,
noire extérieurement et blanche intérieurement, les
bols à soupe étaient munis de petites oreilles, pour
éviter les brûlures, les cuillers et les fourchettes
étaient en fer étamé, et non attachées par des chaînes
aux tables comme le veut la légende, les verres étaient
en forme de cone quadrillé, parfois des chiffonniers
délicats sortaient de leur poche une mauvaise loque
et l'étalaient sur leurs genoux en guise de serviette.

La *Californie* était tout un monde. Il y existait un
abattoir, la viande y était donc toujours fraîche, cinquante femmes étaient employées exclusivement à
l'épluchage des légumes, les marmites pour cuire les
ragoûts étaient grandes comme des cuves, on aurait
pu s'y loger à l'aise, l'eau coulait partout à profusion,
et malgré l'immense quantité d'aliments préparés,
aucune odeur désagréable ne gênait les consommateurs.

On n'entrait pas dans les *salons* avec une hotte, les
chiffonniers les accotaient près du mur, en entrant, à
droite, en rang serré, ce mur bordait le magasin à
vaisselle et la réserve aux liquides ; devant les hottes,
les ravageurs tenaient leur marché, le *ramasseur* au
panier ou au sac cédait à prix débattu sa récolte aux

possesseurs de hottes, la Révolution n'avait même pas aboli l'aristocratie des chiffonniers !

Chaque marché se terminait invariablement ainsi :

— Ça y est, tape là d'dans, mais tu paieras une rincette, un coup ae marc.

L'acheteur répliquait :

— J'veux ben! mais tu peux dire q'tas pas *eune* dent dans la gueule qui m'coute moins de mille écus, enfin ça fait rien, viens en prendre pour un *rond!* (1)

Et il emballait la *camelotte,* comme il disait.

Il y avait aussi la *Manufacture de tabac,* dans un autre coin, comme le père Cadet ne voulait pas qu'on coupe le tabac sur les tables, parce que cela donnait mauvais goût à la cuisine, les *ramasseurs* avaient choisi un endroit; ils s'asseyaient par terre, et au moyen d'une tuile ou d'une brique en guise de billot, après avoir affûté leur couteau sur le pavé de la cour, ils préparaient leur marchandise; ils fabriquaient du Maryland avec des *mégots* ou des *pruneaux* abandonnés, en faisaient des paquets de un *crocq,* de deux *crocq,* etc., etc.; puis ils entraient sous les hangars et vendaient ce tabac aux fumeurs.

Ce métier rapportait de quoi vivre et de quoi s'offrir de temps en temps comme extra, un sou de *roupie de singe* (eau-de-vie).

---

(1) *Rond* sou, *camelotte* marchandise, *mégot* bout de cigare, *pruneau* tabac mâché, *crocq* sou.

La nourriture était excellente et la cuisine fort propre, la mère Cadet était impitoyable à ce sujet, elle
boitait outrageusement, on l'avait surnommée la mère
cinq et trois font huit, quand elle arrivait, les cuisinières criaient tout bas : Gare v'la le gendarme !

Les plats de résistance étaient la soupe et le
bœuf et le ragoût de mouton, pour deux sous on avait
un plat de haricots ou de pois cassés, il se débitait
certains jours huit mille portions, cela suffit pour
indiquer le mouvement qui se produisait.

Il va sans dire qu'il n'y avait pas de domestiques,
chaque client allait au comptoir, demandait le mets
qui lui convenait, payait ; on lui remettait son assiette,
son couvert et il partait à la recherche d'une place
vide ; quelquefois l'affluence était si grande qu'il ne
trouvait pas à s'asseoir, alors on voyait une centaine
d'individus se promenant tout en mangeant et employant toutes les ruses possibles pour arriver à se
caser, cela amenait des scènes d'un haut comique,
mais personne ne se fâchait.

La *Californie* attirait la curiosité des étrangers,
beaucoup venaient en calèches ; ce jour-là, bien
heureux les clients qui avaient eu la bonne idée de
venir, les étrangers leur payaient un festin princier et
même du tabac ; jamais il n'y eut un mot grossier
pour les remercier ; car la plupart de ceux qui man-
geaient à la *Californie* n'étaient pas des gouapeurs,
c'étaient des ouvriers sans travail, à qui l'argot n'était

pas langue familière et qui ne considéraient pas comme des *pantes* les bourgeois bienveillants.

Il se faisait aussi des mariages à la *Californie*, et l'on cite dans les environs un chiffonnier en gros, devenu un riche propriétaire, qui y fit ses accordailles entre un ragoût de mouton et un litre de picolo à dix sous.

La *Californie* disparut en 1868; c'est en soupirant que beaucoup de vieillards passent sur son emplacement en regrettant le temps où ils trouvaient à si bon compte un soulagement à leurs misères.

Le père Cadet mourut maire du XIVe arrondissement.

Rue de la Gaîté, en face Richefeu, il existait un cabaret, tenu par le père et la mère Guérin; ce cabaret était très vaste, il s'y débitait des chaudronnées de ragoût, de gras-double à la lyonnaise, sans compter les montagnes de fricandeaux à l'oseille, après les festins quotidiens, les dimanches, en été, les salles des trois étages, ainsi que le rez-de-chaussée, et le grand jardin qui était derrière la maison, étaient jonchés d'épaves, des os de veau et de lapin en compagnie de trognons de romaines; le sol disparaissait sous ces détritus.

Le veau et la salade étaient arrosés par des brocs de vin à huit sous; les aristos le prenaient à dix.

Cette orgie de victuailles donna naissance à

14.

la fameuse chanson de la *barrière du Maine* :

C'est le veau zé la salade
Qui l'a mise en c't'état là,
Depuis la barrière du Maine,
Elle n'a fait que dégueuler comme ça.
Et pourtant l'chameau
N'avait pas bu d'eau !

Il y a dix couplets de cette force.

Au-dessous des *Mille colonnes* se trouvait *la Maison des acacias*, ainsi nommée parce que devant l'entrée formant terrasse de magnifiques acacias ombrageaient les buveurs.

Cette maison était unique en son genre, rien ne se vendait à prix fixe, il s'y débitait des morceaux de viande *au plat marchandé ;* chaque ménagère allait à la cuisine, se faisait couper un morceau et discutait :

— Combien ce morceau ?

— Douze sous, ma petite mère, il y en a au moins une livre.

— Non ! huit sous, d'ailleurs il est d'hier et puis c'est l'entame.

La marchande rejetait la viande dans la lèchefrite et ajoutait :

— Si vous n'en voulez pas, n'en dégoûtez pas les autres, allez à *la Californie !*

Les brocs en bois, cerclés de cuivre, se vidaient et

se remplissaient avec une rapidité vertigineuse ; en négociante bien entendue la maîtresse des *Acacias* pimentait ses ragoûts en conséquence.

Les Acacias appartenaient à Richefeu jeune, la clientèle se composait de maraîchers, ce qui avait fait donner à la maison le sobriquet : *de rendez-vous des culs terreux*, ou des *pétrousquins* (paysans).

Comme contraste au *bal des Mille colonnes*, connu dans le quartier sous le nom de *bal des Escargots* à cause des casquettes que portaient ces messieurs, il faut noter le *cabaret de la mère Saguet*.

C'était le rendez-vous d'artistes éminents, de peintres distingués, d'auteurs dramatiques, d'hommes de lettres, de chansonniers, de poètes, voire même de financiers, un grand nombre de membres du Caveau étaient des habitués.

Paul-Émile Debraux, Adolphe Thiers, l'ancien président de la République, Charlet, Raffet, Mignet, Édouard Donvé, les deux Cognard, Désaugiers, Victor Hugo, Pigault-Lebrun, Guéroult, D'Avignon, Lamartine, etc., etc., s'y réunissaient.

Ces réunions étaient artistiques et épicuriennes surtout. Le gargantua, l'illustre astronome Billoux et D'Avignon étaient les plus licheurs et les plus gloutons du groupe ; Édouard Donvé était le comique préféré du cénacle, il était applaudi frénétiquement lorsqu'il chantait en s'accompagnant avec sa mandoline, on lui aurait volontiers tressé des couronnes, mais il pré-

férait un litre; un jour Billoux, après avoir mangé
quatre côtelettes, une omelette au lard de douze œufs,
et bu trois litres, embrassa Donvé sur le front. On
voit que tu as la digestion tendre, lui dit celui-ci.

Eugène Scribe rendait parfois visite à ses amis de
la chanson.

Ces messieurs n'étaient pas toujours des mélodistes
à faire pâlir le diapason, la justesse des notes laissait souvent à désirer, mais comme c'était arrosé!

On voyait apparaître et disparaître des armées de
litres et de bouteilles, ils avaient plus ou moins d'esprit, mais comme c'était imbibé !

Charlet était le doyen de la réunion, Portelet son
élève succomba sous les excès de ce régime par trop
capiteux.

Ce fut là que Raffet dessina la majeure partie de
ses compositions devenues si populaires.

La chanteur Adolphe Thiers, meilleur à la tribune
que dans l'art illustré par les Nourrit, les Dupré, les
Renard, lançait pourtant quelquefois son petit flon-
flon, ses auteurs favoris étaient l'abbé Delataignant,
le chevalier de Piis ou Boufflers.

Il était heureux, avec sa voix de fausset, de pouvoir
dire avec Delataignant :

                    Ma mie,
              Ma douce amie,
          Réponds à mes amours;

Fidèle
A cette belle,
Je l'aimerai toujours.

Ou avec Boufflers : *les cœurs :*

Voyez là-bas ces enfants frais et roses,
Dont les ébats respirent le bonheur,
Ces chérubins nous montrent dans leurs poses,
Ce que Boufflers intitulait : le cœur.

Ou du cousin Jacques :

Collinette au bois s'en alla,
En sautillant par-ci par-là,
Tra la deri dera, tra la deri dera.
Un beau monsieur la rencontra,
Frisé par-ci, poudré par-là,
Tra la deri dera, tra la deri dera.
Fillette, où courez-vous comme ça ?
Monsieur, j'vais dans c'p'tit bois-là
Cueillir la noisette.
Tra la deri dera, tra la deri dera.
N'y a pas de mal à ça,
Collinette,
N'y a pas de mal à ça.

Le bon gros Auguste Luchert, vint rendre un jour
visite à ses amis ; il était en verve, il entonna d'une
voix de stentor :

Avez-vous vu dans Barcelone,
Une Andalouse au teint bruni !

Il obtint un succès de fou rire; la mère Saguet crut
que son cabaret en pans de bois allait s'effondrer, on
prétend que les carreaux se fêlèrent; Léonor Havin
qui l'accompagnait avec Félix Pyat, ne voulut pas
rester en arrière, il se mit à chanter *les Chevilles* de
maître Adam :

> Aussitôt que la lumière
> Vient redorer nos coteaux,
> Je commence ma carrière
> Par visiter mes tonneaux.

Alors la gaieté fut à son comble, ce n'était plus des
applaudissements, c'était des hurrahs ; Louis Huart,
l'ancien directeur du *Charivari*, faillit se décrocher la
mâchoire à force de rire.

Adolphe Thiers proposa de se séparer par un refrain de Béranger ; tous quittèrent le cabaret, bras
dessus bras dessous chantant en guise de marche :

> Les gueux, les gueux,
> Sont des gens heureux,
> Ils s'aiment entre eux,
> Vive les gueux.

D'autres chantaient :

> Allons-nous en, gens de la noce,
> Allons-nous en chacun chez nous
> Sur l'air du tra la la la.
>
> . . . .

C'était une cacophonie effroyable ; les assistants de cette sortie mémorable en gardèrent longtemps le souvenir.

La société, l'été, lorsqu'elle se réunissait chez la mère Saguet, se nommait les *joyeux*.

L'hiver, elle se transformait en *frileux* et se réunissait rue de Sèvres, numéro 59 ; Thiers en fut longtemps le président.

Le cabaret de la mère Saguet disparut en 1840. M. Félix Pyat est le seul survivant.

. . . .

Barrière des Deux-Moulins, il existe un cabaret traiteur tenu par une brave femme connue sous le nom de *Mère-Marie;* c'est une vieille cahute où elle débite de la galette, du cidre à deux sous le litre, et de la *bibine* à quatre sous; on y savoure des arlequins et on y fabrique du tabac à fumer avec les *orphelins* ramassés dans les rues; cette cahute fait partie d'une agglomération d'une foule de bicoques dont il n'est guère possible d'expliquer la construction, attendu qu'il est impossible de préciser avec quels matériaux elles ont été construites; ce singulier endroit se nomme *la cité Cri-Cri*.

La cité est habitée par de braves et honnêtes chiffonniers qui vivent au milieu des tessons de bouteilles, de vieilles casseroles, de pots ébréchés, de détritus de toutes sortes, sans forme et sans nom.

La *mère Marie*, qui alimente tout ce petit peuple,

est, sans le savoir sans doute, un disciple de Prou-
d'hon ; elle réalise le rêve du grand économiste, si
burlesquement mis en scène au théâtre du Vaudeville dans la *Foire aux idées*; ce rêve, on s'en souvient, était basé sur cette maxime : donne-moi de
quoi q' t'as, je te donnerai de quoi que j'ai ; en un
mot, il était la création d'une banque d'échanges.

Elle reçoit en payement un lot de bouchons pour
un hareng saur, un tas de ferraille pour une chandelle, un paquet de chiffons pour un petit noir, des
rognures de cuir pour un sou de galette, des vieux
journaux pour un litre de cidre, un sac d'escarbilles
de charbon pour deux sous de saindoux, etc., etc.

C'est un spectacle curieux que celui de voir et
d'entendre les deux parties conclure leur marché ;
pour l'une il y en a toujours trop, pour l'autre jamais
assez.

C'est dans l'une de ces bicoques que mourut en
1872 une des célébrités du Paris-phénomène :
l'homme squelette qui fit longtemps courir la foule
dans les fêtes des environs de Paris et sur nos places
publiques.

Haut de six pieds, maigre comme le Méphistophé-
lès classique, il était arrivé au dernier degré de dia-
phanéité extraordinaire que l'on sait, non pas à la
suite de privations, mais d'un chagrin violent.

Vers 1850, il était d'un embonpoint ordinaire, il se
nommait alors *Pierre Lescouy* et était premier clerc

d'huissier à Paris, dans une étude de la rue des Petits-Champs.

Pierre avait pour maîtresse une marcheuse de l'Opéra, une splendide créature pour laquelle il faisait tous les sacrifices imaginables, il l'aimait avec passion ; mais un jour une indiscrétion lui apprit qu'elle le trompait effroyablement ; désespéré, il tenta de se tuer, mais ne put réussir, alors il résolut de connaître ses amants et de se battre avec chacun d'eux ; le premier dont il apprit le nom, était un jeune homme de bonne famille, ii le provoqua, un duel eut lieu en Belgique et Pierre tua son adversaire.

Poursuivi par le remords, il disparut environ une année, en 1851 il revenait à Paris et on le voyait à la foire aux pains d'épices transformé en *homme squelette.*

On l'exhibait dans une pauvre baraque ; entrez, mesdames, entrez, messieurs, hurlait le *bonisseur* ; venez voir l'*homme-squelette*, la rareté du siècle ; son corps a été acheté par la Faculté de Médecine, il est si maigre qu'on peut lire son journal au travers de son corps ; mettez-lui une lanterne sur l'estomac, derrière son dos, vous compterez ses côtes, vous verrez battre son cœur, vous assisterez au phénomène de la circulation du sang, ce n'est que dix centimes, deux sous, suivez le monde ! On est assis et placé commodément, c'est un spectacle moral et instructif !

15

On le nommait aussi l'*homme serpent* à cause de la facilité incroyable avec laquelle il passait dans une série d'anneaux qui avaient à peine vingt centimètres de diamètre.

Pendant vingt-deux ans, jamais Pierre ne prononça un mot, il apparaissait sur son estrade, se prêtait silencieusement à la fantaisie des spectateurs, puis rentrait dans la coulisse comme un automate.

L'*homme-squelette* n'a pas eu de successeur.

Dans la *cité Cri-Cri* habitait également l'*homme aux rats*. Son matériel se composait d'une table en bois blanc en forme d'X, surmontée d'un petit poteau. Il avait plusieurs rats : un gros, gris-brun, *Gaspard*, le grand premier rôle de la troupe; *Fanchette*, son épouse, dite *Boit sans soif*; le comique était un rat noir qui avait un œil blanc et répondait au nom de *Coco bel œil*; le premier amoureux, un rat blanc qui avait des oreilles extraordinaires, se nommait: *Écoutes s'il pleut*. En haut du poteau était installé un pistolet, une ficelle était attachée à la détente et pendait le long du poteau, Gaspard était l'artilleur, il était peu obéissant, il avait ses jours pour cela, quand son maître lui disait: Montez, il s'asseyait et se frottait le museau, ou bien il rentrait dans sa cage; alors l'*homme aux rats* se fâchait et disait : y montera s'y veut, s'y veut pas y montera pas. Le rat montait enfin; alors les spectateurs applaudissaient et criaient : Vive *Gaspard!*

Les spectateurs de l'*homme aux rats* étaient pour la plupart des bouchers des abattoirs de Grenelle, ils aimaient le bonhomme et sa troupe de rongeurs, leur enthousiasme ne connaissait plus de bornes lorsque les *artistes* défilaient et grimpaient sur les bras, sur le paletot déchiré et sur le chapeau de leur maître.

L'*homme aux rats* mourut de misère en 1870.

Que sont devenus ses pensionnaires?

XIII

XIII

Parmi les escamoteurs et tireurs de cartes de nos places publiques, *Sabra* tient le premier rang; il opérait sur les quais et sur la place du Château-d'Eau ; son matériel était des plus primitifs, une table en bois blanc et trois gobelets : la seule chose qui le distinguait de ses collègues, c'est qu'il était grêlé comme une écumoire; il eut comme collaborateurs deux pitres célèbres à différents titres, *Patonnelle*, qui, protégé dit-on par Mlle Mars, le quitta pour entrer à l'Ancien Cirque, et *Ventre d'osier*.

Patonnelle faisait la joie des gamins avec son énorme perruque rouge, sang de bœuf, il débitait les plus grosses bêtises avec une solennité extraordinaire; son boniment variait peu, il n'avait pas l'amour du métier, c'était un pitre genre ennuyeux.

Quand il était au Cirque, ses amis le plaisantaient sans cesse sur son ancien métier de pitre ; une nuit Duranty, Lallemant, Couty, Tabar, Clément Just et Patonnelle soupaient chez Leblond ; vers une heure du matin, Duranty, absolument gris, discutait avec Patonnelle sur l'art dramatique et sur la littérature ; Patonnelle soutenait que les acteurs seuls avaient du mérite et que les journalistes et les hommes de lettres n'étaient que des enfileurs de mots, des pillards qui volaient à droite et à gauche les idées de leurs devanciers ; l'assemblée entière se mit contre Patonnelle et tous lui dirent que pour faire un acteur on n'avait qu'à prendre le premier pitre venu, que les acteurs, depuis la Comédie-Française jusqu'à Bobino, n'étaient que des faiseurs de grimaces ; Patonnelle furieux et vexé, lui qui se croyait un grand génie, se mit à injurier tous ses amis ; vers trois heures du matin, le souper terminé, voyant que la discussion tournait au vinaigre, Lallemant proposa de se séparer; toute la troupe descendit sur le boulevard, les balayeurs commençaient leur service, quelques filles qui n'avaient pas trouvé pratiques dans les restaurants de nuit, les aidaient dans leur besogne en balayant le trottoir avec leurs traînes : après avoir fait quelques pas, Couty qui avait réfléchi, se tourna tout à coup vers Patonnelle en lui disant d'une voix indignée :

— Tu es un vieux camarade que j'aime comme moi-même, tu t'es laissé insulté par ce gamin de Duranty, par un méchant crapaud d'écrivain ; fous-lui une claque, si tu ne le soufflettes pas, tu ne me reverras jamais de la vie.

Patonnelle, bon enfant, hésitait, il disait à Couty :

— Tu le veux, tu le veux ?

Aussitôt il flanqua à ce pauvre Duranty une gifle formidable ; Duranty, se retranchant dans sa dignité, ne la lui rendit pas.

Pendant cette scène, les balayeurs et les filles s'étaient groupés en cercle et se tenaient les côtes de rire, les balayeurs tenaient leurs balais au port d'arme.

— Demain, vous recevrez mes témoins, dit froidement Duranty à Patonnelle ; en effet, le lendemain, il lui envoya deux de ses amis, Patonnelle les mit en rapport avec deux des siens ; les témoins étaient d'accord sur les conditions de la rencontre, quand Duranty écrivit à Patonnelle qu'il ne se battrait avec lui qu'à la condition qu'il endosserait pour la circonstance la fameuse perruque rouge avec laquelle il faisait son boniment chez Sabra.

L'affaire n'eut pas de suite.

Ventre d'osier était comique de naissance ; avant qu'il ouvrît la bouche, la foule riait de confiance ;

15.

sa personne plus que grotesque prêtait déjà à rire naturellement.

Long comme un jour sans pain, maigre à rendre des points à l'*homme diaphane*, des yeux en boules de loto, à fleur de tête, des oreilles larges comme des plats à barbe, quand il parlait il ouvrait une bouche grande comme un four, sa démarche était plus étrange encore, son pantalon large flottait sur ses jambes minces comme des échalas, il avait des pieds comme des cercueils d'enfants.

Ventre d'osier avait un répertoire à lui, c'était un pitre absolument original, il ouvrait la séance en chantant :

> Aussitôt que la lumière
> Vient m'éclairer le matin,
> Je commence ma carrière
> Par cultiver mon jardin.
> Je n'y trouve aucune rose,
> Mais cela n'est pas mon goût,
> La fleur fane à peine éclose,
> J'aime mieux planter mes choux.

> Dans un chou par aventure,
> On me trouva m'a-t-on dit,
> On y fit une ouverture,
> Et j'en sortis tout petit.
> Cela s'peut, j'n'm'en souviens guère,
> Mais il est à présumer,
> Que d'ce fameux chou mon père,
> Était le seul jardinier.

Puis il commençait son boniment :

— Il faut que je vous raconte mes malheurs ; je
suis né natif d'un village breton. Un jour mon père
me dit : Vas à Paris, on m'a raconté que les alouettes
vous tombaient toutes rôties dans le bec, il me fit un
paquet qu'il mit dans une chaussette, le talon n'était
pas plein ; j'arrivais dans la capitale, un jour qu'il
faisait nuit, j'avais dix sous dans ma poche ; je me
promenais toute la nuit ; levant le nez aux fenêtres
pour voir tomber les fameuses alouettes ; je ne voyais
rien, enfin, le matin, dans la rue Saint-Martin, exté-
nué de fatigue, je m'assis sur une borne ; après quelques instants, je vis une fenêtre s'ouvrir et une femme
apparaître ; je me levai et j'ouvris la bouche, elle
tenait un plat à la main. Bon, pensai-je, voilà les
alouettes, elle jeta le contenu de son plat ; j'en reçus
une bonne partie dans la bouche, j'avalai les parties
solides mais la cendre me gênait ; drôle de manière
de faire rôtir des alouettes dans la cendre ; quand un
gamin qui passait s'écria : En voilà un gueulard ! Tu
fais donc concurrence à Richer, que tu manges la
m..... des chats ?.... Plus loin j'avisai une maison,
sur les carreaux de laquelle il y avait écrit : *Ici on
donne à boire et à manger* ; Bon, me dis-je, les Parisiens sont de braves gens, j'entrai et je me fis servir
a soupe et le bœuf, un ragoût et des pommes de
terre à l'eau pour dessert. Quand j'eus fini, je m'a-
vançais gracieusement vers le comptoir pour remer-

cier la patronne, elle me tendit la main, je la lui
donnai, en lui disant qu'à Paris on était plus poli que
chez nous. — C'est quinze sous, me dit-elle. — Quinze
sous quoi? quinze sous-ci; vous avez quinze sous;
tant mieux, madame, lui dis-je, moi je n'en ai que dix !

— Allons, ne fais pas l'imbécile, me dit-elle, tu as
mangé pour quinze sous, donne-les-moi; mais, madame,
sur votre porte il y a écrit: ici l'on *donne* et non pas
l'on *vend*. — Tu n'es qu'un filou.

Le garçon alla chercher la garde. Me voilà entre
les quatre chandelles, la patronne de la gargote suivait derrière; en passant au coin d'une rue, j'entends
des cris; je me retourne, c'était la bonne femme qui
venait d'être inondée par le contenu d'un tonneau
de vidangeur, elle gueulait comme une guenon, les
soldats emmenèrent les vidangeurs et nous voilà
partis chez le commissaire; celui-ci était en train de
souper; il descendit, on me fit d'abord entrer dans le
cabinet avec la gargotière. — Qu'avez-vous à dire? fit
le commissaire, d'un ton sévère.

Tout à coup il se recula en se bouchant le nez. —
Tu as donc fait dans ta culotte, imbécile ? me dit-il;
non, monsieur, c'est madame. — Insolent, dit la vieille,
j'en ai pas ; si monsieur le commissaire veut s'en assurer? elle commençait à relever ses jupons. — Assez,
dit le commissaire; de quoi vous plaignez-vous? ce
gas-là a mangé pour quinze sous, il est parti sans
payer; c'est peu de chose : et les autres qui sont dans

l'antichambre? — Ils m'ont couverte de m...archan-
dise. — Alors c'est vous qui puez comme ça? on dit
que la m.....porte bonheur, laissez ça là... Ah ! je veux
bien, dit-elle; et la voilà qui se secoue sur le tapis,
inondant le bureau, les papiers, le fauteuil. Le commissaire em..... nous mit tous à la porte.

En m'en allant, je ne m'aperçus pas que j'étais
suivi par un énorme chien de terre-neuve, je m'ar-
rêtais à la porte d'une épicerie, et pendant que je
regardais les pruneaux, le chien buvait un tonneau
d'huile à quinquet, j'allais continuer ma route quand
l'épicier courut après moi en criant: au voleur, au
voleur ! la foule s'amassa et me voilà encore une fois
arrêté. Ce chien est à vous, dit l'épicier furieux ? Non !
Je n'ai pas de chien ; ça m'est égal, il vous suit, donc
il vous appartient, il vient de boire mon tonneau
d'huile, vous allez me le payer ! — Je n'ai pas le sou.
— Tant pis pour vous. Alors je dis à l'épicier : Nous
allons faire un marché. Vous allez fourrer un mètre de
mèche dans la gueule du chien, vous tirerez la mèche
par derrière, et le soir vous allumerez le chien, vous
rentrerez dans votre huile et vous attirerez la foule...

Alors Sabra faisait son entrée.

— Tu ennuies encore ces messieurs et ces dames
avec tes bêtises... va-t'en !

A son tour Sabra commençait son boniment, et
terminait invariablement par cette phrase :

— Celui qui dira que j'en ai menti, qu'il prenne

les cartes, qu'il les déchire et jetez moi-z-en les morceaux à la figure.

Sabra était un phénomène : il ne savait ni lire ni
écrire et pourtant il était *auteur dramatique*. Il eût
été difficile de l'accuser de piller Molière.

Le 15 août, fête de l'Empereur Napoléon III, à la
place du Trône et sur l'esplanade des Invalides, sur
un théâtre construit tout exprès, l'usage était de
donner au public des représentations gratuites ; le
peuple était très friand de ce spectacle.

Un concours était ouvert un mois à l'avance, à
l'Hôtel-de-Ville, entre tous les auteurs concurrents ;
Sabra, à qui les lauriers de la place publique ne suffi-
saient pas, concourut le 15 août 1861 ; sa pièce, *les
Chauffeurs arabes ou la ferme incendiée*, fut choisie.

Voici le sujet :

La scène était en Afrique ; personnages : une
fermière et sa fille, un Anglais, un caïd, un capitaine
français, le chef des chauffeurs et enfin Pierrot.

Pierrot, préoccupé des préparatifs de la fête de la
fermière, sort de la maison et va, tout en réfléchis-
sant, se heurter contre le chef des chauffeurs. Celui-ci,
aussitôt, PORTE-MAIN sur son sabre. Pierrot, effrayé,
rentre dans la maison. Le chef des chauffeurs fait
prendre les armes à sa troupe, et tous se retirent à
BAS BRUIT pour ne pas être APERÇUS.

Pierrot, tirant par la main la fermière, suivie de sa
fille et des autres habitants de la ferme, rentre en

scène; il explique sa rencontre avec le chef des chauffeurs; personne n'y croit. La fille de la fermière prend Pierrot à l'écart et lui dit que c'est la fête de sa mère et qu'il ne faut rien faire pour la troubler.

Pierrot, un peu rassuré, marque son contentement et va chercher son bouquet.

Pendant ce temps, les habitants de la ferme offrent chacun SON bouquet à leur maîtresse. Pierrot accourt, présente son bouquet, veut embrasser sa maîtresse, mais s'y prend s'y brutalement, qu'il FORCE la fermière à lui donner un soufflet. Pierrot pleure, mais la fermière l'envoyant chercher des rafraîchissements pour tout le monde, il se met à rire.

Le capitaine français, le caïd, l'Anglais, le chef des chauffeurs et Pierrot sont amoureux de la fille de la fermière; mais c'est le capitaine qui l'emporte sur ses rivaux.

Pierrot tue le chef des chauffeurs d'un coup de fusil.

Ce n'était pas compliqué, eh bien, malgré l'ingénuité de ce spectacle, sept à huit mille personnes attendaient, grillées par un soleil ardent, le lever du rideau.

Sabra fut un des derniers tireurs de cartes de la place publique; il mourut vers 1864.

. . . .

Place du Châtelet et du Château-d'Eau, mais de

préférence sur le pont des Arts, se tenait un grand
garçon, à l'aspect distingué; vêtu assez proprement,
invariablement coiffé d'un chapeau haut de forme.
Son matériel se composait d'une chaise qu'il empruntait à un marchand de vin des environs, et d'une boîte
semblable à celles que portent les placiers en bijou-
terie. En arrivant à sa place, il ouvrait sa boîte, montait sur sa chaise et commençait à lire ses productions.
Il était tout : poète, littérateur, improvisateur et
chansonnier; il lisait d'une façon charmante, puis
vendait ensuite à ses auditeurs ses compositions.

Il affectionnait plus particulièrement lire un extrait
des *Filles de Bohème* :

Pauvres enfants perdus qui vivez de la rue,
Hélas! par les baisers du soleil qui vous mord,
Vous que l'on voit jeter à la foule accourue
Vos rires ou vos pleurs, ah! votre triste sort
M'ennuie, et je vous plains, natures fourvoyées,
Car, sous vos oripeaux, qu'insulte le passant,
Je ne vois que des maux, que des âmes broyées,
Des hommes comme nous, de la chair et du sang.
Ah! lorsque moi qui sais, de toutes ces misères,
Lire dans ces lambeaux les douloureux secrets,
Je vois l'homme étranger à ces tristes mystères,
S'arrêter, regarder, rire et s'enfuir après.
Je dis : si tu savais ce qu'il faut de courage,
De ressources, d'audace et d'impossibles efforts,
Pour arracher du corps ce haillon de l'outrage,
Oh! tu t'inclinerais devant cet homme fort,
Certes, je ne veux pas poétiser la fange,
Et le vice n'a pas en moi un défenseur.

Mais l'homme peut tomber, l'homme n'est pas un ange ;
Et s'il tombe, sa main trouve-t-elle une sœur ?...
Non, sur le Golgotha, secouant son suaire,
Quand monta sur les cieux le grand crucifié ;
Il laissa sur nos cœurs en tomber la poussière,
Et chaque cœur sali resta pétrifié.
Je vous pardonne donc, ô rats de la Bohème,
De traiter les humains comme des ennemis,
Et puisqu'il n'est ici personne qui vous aime...
De vivre librement des restes des fourmis !

Ce bohémien se nommait *Pradier*, et il était lettré.
J'ai sous les yeux une brochure de lui intitulée : *Un
contemporain aussi*, qui porte pour épigraphe ces deux
vers de Virgile :

..... Quæque ipse miserrima vidi
Et quorum pars magna fui.....

Sa séance terminée, Pradier ramassait *ses outils* et
allait très tranquillement faubourg du Temple, au
coin du canal, chez Doisteau, le distillateur renommé
de la bohème d'alors, parce qu'il ne vendait ses ab-
sinthes que trois sous et qu'elles étaient copieuses ; là,
en compagnie de Privat d'Anglemont, Vinet, San-
tiago, Jacquemart, etc., etc., les *tournées* succédaient
aux *tournées*. Quelquefois, à onze heures du soir,
aucun d'eux n'avait songé à manger ; alors Pradier ou
Privat, Pradier quand la recette avait été fructueuse,
Privat quand il avait placé un article faisait les
frais du souper : une livre de pain, du boudin rassis,

le tout arrosé avec... de l'absinthe pour changer ; cela durait jusqu'à minuit. Minuit était une heure trop raisonnable pour se séparer, aussi la bande descendait-elle bras dessus bras dessous vers le quartier des Halles, où se dirigeait-elle vers les assommoirs situés dans les quartiers excentriques, en ruminant les projets les plus extravagants.

Privat, qui se sentait mourir, ne rêvait qu'un bon lit bien blanc, où il pût mourir à l'aise : « A quoi bon, leur disait-il, songer à l'avenir, puisque l'avenir, pour nous, c'est la fosse commune ! »

Le rêve du malheureux a été accompli, car il mourut à la maison Dubois le 18 juillet 1859.

Quant à Pradier, qui rêvait les palmes de l'Académie, il n'avait choisi le pont des Arts que pour en être plus proche, il fut nommé inspecteur des vidanges !

Quelle chute !

Pradier mourut quelques années plus tard à Marseille.

Un improvisateur d'un autre genre était *Eugène de Pradel*, j'ai conservé une de ses cartes, elle date de 1847.

Elle est extrêmement curieuse, la voici textuellement :

Soirées particulières d'improvisation pour les salons de Paris, par le comte E. de Pradel (des ducs de Bouillon), seul improvisateur en vers français.

Ces soirées, d'une remarquable distinction, sont aussi décentes que récréatives et font passer l'esprit d'étonnements en étonnements. Elles se composent des morceaux suivants :

Monologues et scènes dramatiques. — *Inscriptions* sur des personnes célèbres. — *Échos.* — *Accouplements de mots* les plus bizarres, offrant le moins de rapports ensemble. — *Rimes occultes.* — *Bouts rimés.* — *Monorimes*, échelles poétiques, etc.

Une séance d'improvisation, pouvant se restreindre ou s'étendre au gré des maîtres de maison, dure ordinairement une heure, une heure trois quarts, ou deux heures un quart.

Petite soirée, soirée moyenne, soirée complète. On traite à des prix modérés et directement avec M. de Pradel, de une heure à trois, rue Croix-des-Petits-Champs, 33. Il est bon de s'inscrire quelques jours à l'avance.

Les petits journaux s'égayèrent aux dépens de M. le comte de Pradel (des ducs de Bouillon). Il était plus fort que *Duval*, le *bouillon* allait en ville.

. . . .

Vers 1845, on rencontrait dans le Marais, un petit vieillard qui trottinait sans cesse en ayant l'air de marcher sur des œufs ; il paraissait toujours affairé, vêtu d'un pantalon collant à craquer, d'un petit habit bleu étriqué, d'un gilet à revers en piqué blanc, cravaté à la colin, chaussé d'escarpins vernis, sans ta-

lons. Il saluait à tort et à travers, même les gens qu'il
ne connaissait pas, découvrant son toupet à la Louis-
Philippe. On ne le connaissait que sous le sobriquet
du père *Tricote-nerfs*, son nom véritable était *Bosio*.
C'était un maître de danse.

Tricote-nerfs habitait rue du Harlay la maison occupée autrefois par le célèbre pâtissier-traiteur Leroux, l'inventeur de *la dinde à la gâtinoise*. Cette rue
n'a rien perdu de sa physionomie calme, si ce n'était
le voisinage de la caserne des Minimes dont les son-
neries matinales éveillent les paisibles bourgeois, on
s'y croirait dans une ville de province.

A cette époque beaucoup de bourgeois avaient la
gloire que leurs enfants apprissent les *danses de caractères ;* on *frétillait* les *jetés-battus*, les *flics-flacs,*
les *ailes de pigeon*, les *entrechats*, les *chassés-croisés,*
les *glissades;* on apprenait à *tomber en attitude*, une,
deux, trois, quatre, cinq, six, glissez; une, deux,
trois, quatre, cinq, six, une pirouette : jeté-battu ; en
place !

Voici de quelle manière *Tricote-nerfs* donnait des
leçons :

— Ténez, madémizelle, zé souis *soure*.

— Ah ! monsieur, vous êtes sourd ?

— Noun, noun ! zé voulais dire qué zé souis persouadé
qué vous savez pas qui zé souis... Eh ! bé lou grand
Vestris, lou célèbre Vestris, il me salouait zousqu'à
terre quand zesqu'il passait près de moi, mon père il

avait été son professour... per lé grâce et lou maintien zé souis ounique...

— Qu'est que c'est ça une ique?

— Zé veux dire que zé souis lou... lou...

— Vous êtes un loup?

— Non! lé seul de mon zenre, z'ai eu pour élèves Mme Taglioni et Mme Fanny Essler, et zé dis souvent à Mme Malibran : quel domaze, madame, que vous ne soyez pas danseuse ; vous feriez santer vos zambes!!

— Moi, madémiselle, ze né sante pas, ze souis en douil.

— Comment vous êtes andouille?

— Noun, zé veux dire qué zé souis triste, zé perdou mon chien.

Entrait un nouvel élève.

— Bonzour monsou, bonzour mon cher, voutre papa et voutre maman m'ont bien recoummandé de vous mettre de souite en leçon.

— Pardon, madémizelle, vous permettez. Zeune homme, mettez les talons rapprochés, en équerre d'abord... ouvrez... ouvrez... tenez-vous bien... Allons, zé vois que vous avez besoin d'être mis dans la boîte.

Il approchait une boîte oblongue en bois blanc et la plaçait dans un coin, le long du mur; il y plaçait l'élève, les deux pieds très ouverts, les deux pointes tout à fait en dehors. Par un système ingénieux, le malheureux ne pouvait faire un mouvement, il l'abandonnait dans cette position et reprenait l'autre élève.

Il y avait en face de la porte, un lit; à gauche, un tas de mottes à brûler.

— Madémizelle, souivez-moi bien (l'autre élève toujours dans la boîte faisait des contorsions atroces, sa figure se décomposait.(*Tricote-nerfs* l'avait absolument oublié). Nous allons faire le pas d'en avant-deux ; vous glissez, vous rapprochez, vous glissez, pirouette, rapprochez, glissez, pirouette, regardez bien comme zé fais..... et il chantait tout en faisant la démonstration :

> Un pas, du côté d'la porte,
> Un pas, du côté du lit,
> Un pas, du côté des mottes,
> Un pas, revenez ici.

— Allons, madémizelle, partez sur la porte, sur le lit, sur la motte, et sous moi, zé vous attends; c'est ça ; jeté-battu ; l'entrechat, faites oune pose, glissez, voilà l'affaire. Zé souis content, lé mouvement il est bon (l'autre était toujours dans la boîte) ; allons, au revoir, madémizelle.

La femme du professeur appelait son mari pour déjeuner, *Tricote-nerfs* se mettait à table et commençait à manger sa soupe.

— Monsieur, gémissait l'élève, monsieur !

— Attendez, mon ami, que ze finisse ma soupe, vous vous y ferez. Un instant après, au moment où *Tricote-nerfs* allait avaler son verre de vin, nouvel appel.

— Monsieur, monsieur, j'ai mangé de la soupe à l'oseille hier soir.

— Allez, allez toujours, mon ami, avec du courage zé mé sarge de voutre édoucation, deux mois, trois mois de boîte et ça ira tout soul !

Tricote-nerfs, sans pitié, continuait à manger tranquillement. Tout à coup, au moment d'entamer le second plat, on entendait de sourds gémissements puis une chute, c'était l'élève et la boîte qui s'écroulaient.

— Ah ! mon diou, mon diou, mon pauvre ami, disait *Tricote-nerfs* en accourant, zé vous avais oublié ; enfin c'est oune boune léçon !

— Oh ! oui, monsieur, très bonne, sapristi, je ne peux plus marcher, je n'arriverai jamais chez moi... en marchant.

— Eh ! bé, mon ami, allez-y en dansant ! au revoir, ser monsieur, au bout de huit jours de boîte...

L'élève ne revenait plus.

Quand *Tricote-nerfs* rencontrait un étranger, il s'étendait sur le grand art de la danse, selon lui le plus grand *art du monde*, et il disait au père Beaudoin, le chef d'orchestre du *bal de l'Ardoise* :

— Mon ser monsou Beaudoin, monsou Talma Frédérick Lemaître, Ligier, Beauvallet, Bouffé, Ar-

nal, Odry, Vernet, madémizelle Georges, madémizelle Mars, madémizelle Déjazet, mesdames Dor-
val, Brohan, Rachel et toute la Comédie-Française
ne seront jamais de vrais talents tant que ze ne leur
aurai pas appris à danser... Zé mé sauve... Bonzour,
bonzour, il n'y a que la danse pour donner de
l'esprit.

Tricote-nerfs disparut vers 1856.

XIV

XIV

Un almanach de 1787, dans sa nomenclature des Industries établies au Palais-Royal, portait cette mention : n° 90, le Caveau.

Le café du Caveau était situé dans les sous-sols du café de la Rotonde, mais il avait une entrée particulière par la rue de Beaujolais.

Cette entrée donnait accès à un caveau contigu au café du Caveau, il fut nommé le Caveau du Sauvage.

Un immense charbonnier s'était imaginé de louer ce caveau, et pour attirer la foule de se déshabiller en sauvage. Il avait une ceinture à laquelle pendaient des chevelures, achetées chez le brocanteur ; il était couronné de plumes et chaussé de mocassins ; son costume se complétait par des anneaux au nez et aux oreilles, le costume classique des garçons bouchers dans les bals publics, au temps où le carnaval étaiten honneur.

Il se promenait majestueusement dans la salle, poussant parfois des cris gutturaux à faire hurler tous les chiens du voisinage, et faisait des moulinets avec une énorme massue en carton.

Ce charbonnier avait déniché dans les bouges des barrières, au *bal des chiens,* une fille publique connue dans le monde des *tuteurs* sous le sobriquet de *la belle Vachère.* Il l'avait accoutrée comme lui, et tous deux dansaient un pas bizarre qui rappelait fort peu la danse primitive des Apaches. Comme elle était admirablement bâtie et que la pudeur ne la gênait guère, la vogue s'attacha au *Caveau du sauvage.*

Le Caveau disparut quelques années plus tard.

A côté existait, depuis assez longtemps, le *Café mécanique.* Son entrée était sous le péristyle.

A l'angle de la rue Baujolais, sous le péristyle de ce nom, juste en face Corcellet, on descendait quelques marches et on se trouvait tout à coup dans la salle, salle assez vaste. En entrant, on ne voyait aucun serviteur. Les consommateurs demandaient à haute voix ce qu'ils désiraient, et aussitôt, comme par enchantement, du sol surgissaient une table et des sièges. La table était chargée des boissons commandées.

Le fameux ventriloque Fitz-James y donnait des séances de ventriloquie.

Le *Café mécanique* disparut et fut transformé vers
1787. Il prit le nom de *Caveau des aveugles*, à cause
d'une douzaine d'aveugles, pensionnaires des Quinze-
vingts, qui formaient l'orchestre.

La salle, à peu près carrée, se nommait, sur la
droite, après avoir descendu les quelques marches qui
y donnaient accès, le *grand carré*. Sur la gauche se
trouvaient des arcades en pierre de taille qui formaient
voûtes naturelles, isolées les unes des autres ; on les
nommait les *berceaux*. Là se réunissaient les amoureux
de rencontre.

Dans le fond était l'estrade, ou, pour être plus
exact, deux tables en bois blanc, bout à bout, recou-
vertes d'un tapis ; à gauche de ces tables les tambours, et à droite l'orchestre des aveugles.

Dès sa transformation, le Caveau fut très fréquenté ;
les groupes s'y réunissaient : les *Amis de la Consti-
tution*, les *Jacobins*, etc., etc.

Martainville, l'ancien rédacteur en chef du *Dra-
peau blanc*, était un habitué du Caveau. Un soir, les
habitués imaginèrent d'offrir un punch au célèbre
journaliste, sans doute à cause de la présence d'esprit
qu'il montra devant le tribunal révolutionnaire. On se
souvient que le président lui avait dit : « Approche,
citoyen DE Martainville », et que ce dernier lui répondit :

« Pourquoi m'appelles-tu DE Martainville, quand
je me nomme tout bonnement Martainville? Citoyen,

16.

je suis ici pour être *raccourci* et non pas pour être *allongé*. »

Qu'alors le président, voulant avoir le dernier, s'était écrié : « Qu'on l'*élargisse !* »

Que ce soit pour cette raison ou pour une autre, Martainville accepta le punch qui lui était offert par les farouches Jacobins.

Ces derniers, en veine de gaieté, demandèrent à Martainville d'improviser un couplet; il s'exécuta de bonne grâce et improvisa le couplet suivant :

> Embrassons-nous, chers jacobins,
> Longtemps je vous crus des mutins,
> Et de faux patriotes.
> Oublions tout désormais,
> Donnons-nous le baiser de paix,
> J'ôterai mes culottes.

Parmi les habitués du *Caveau des aveugles*, il y avait une fille célèbre dans le monde des filles du Palais-Royal. Elle avait été surnommée l'*As de pique*, à cause que le jour elle était absolument blonde, et que le soir ses amants la trouvaient noire. Ce fut elle dit-on qui inspira la fameuse chanson :

> Je voudrais bien savoir,
> Pourquoi les femmes blondes,
> Ont les... cheveux si noirs.

Bien plus tard, le patron du *Caveau des aveugles*, se souvenant des succès obtenus par le charbonnier et la *belle Vachère*, imagina d'exhiber un sauvage, un sauvage perfectionné qui battrait la *charge* et la *diane*, non pas sur une caisse, mais sur quatre.

Ce spectacle eut une grande vogue.

En 1837, le père de Blondelet était le sauvage du *Café des aveugles*. Il arrivait sur la scène, traînant des chaînes énormes. Il exprimait par une mimique sauvage son désespoir d'avoir été ravi à ses chères forêts, tout comme M. Thiers à la Chambre regrettait « ses chères études » ; il gambadait et paraissait faire des efforts inouïs, surhumains, pour briser ses entraves. Au moyen de maillons préparés à cet effet, il brisait ses chaînes ; alors les spectateurs trépignaient et applaudissaient, délirants de joie.

Tout à coup le sauvage devenait grave, comme il convient à un homme libre. Sans dire un mot, il s'avançait sur le devant de la scène, mouillait ses doigts et roulait d'un geste familier ses baguettes de tambour ; puis, accompagné par l'orchestre, il exécutait ses exercices sur les quatre caisses.

Quand Blondelet mourut, vers 1842, ce fut son fils qui le remplaça avantageusement, disent les quelques rares survivants de cette époque, car il était fort beau garçon et d'une adresse extraordinaire pour imiter sur ses quatre caisses toute une légion de tambours.

Blondelet quitta le Caveau vers 1850 pour aller

jouer la comédie au Lazzari, boulevard du Temple.
Après avoir joué successivement sur nos principales
scènes du boulevard, il se fit une réputation comme
acteur et comme chansonnier comique.

Vers 1842, au coin de la rue Montesquieu, dans le
sous-sol de la maison qui fut plus tard le magasin de
nouveautés du *Coin de rue,* on exhiba un sauvage
pour faire concurrence au *Caveau des aveugles.* Mais
ce sauvage-là ne pouvait lutter avec le sauvage Blondelet. Malgré la clientèle des filles du Palais-Royal,
le *Café du sauvage* de la rue Montesquieu disparut
vers 1847.

A Blondelet succéda un nommé Marchand, ancien
tambour du 8e léger. Il était sauvage le soir et cocher
dans le jour.

Un jour, grand émoi dans le public : le bruit courait que le sauvage ne paraîtrait pas, qu'il avait été
enlevé par une femme du monde. Le *Café des aveugles* sans sauvage, c'était un désastre, une calamité
publique! On attendit; les spectateurs appelaient le
sauvage sur l'air des lampions : Viendra!... Viendra
pas!.. C'était un vacarme épouvantable, et toujours
pas de sauvage! Le directeur, M. Henry, désespéré,
jurait qu'il était déshonoré. Comment faire? Le père
Lamory, le chef d'orchestre, eut une idée lumineuse.
« Prenez le petit Vinet », dit-il.

Le petit Vinet, maigre comme un hareng saur, haut
comme la botte d'un gendarme, jouait les jeunes pre-

miers, dans les pièces qui alternaient avec les exercices du sauvage ; on lui fit la proposition : sauvez la
recette et l'honneur de la maison, lui dit le père
Henry. Vinet se laissa attendrir, il revêtit la ceinture
de plumes, mais au moment de paraître devant le public, il se souvint qu'il ignorait l'art de se servir des
baguettes et qu'il était incapable d'exécuter un *ra* ou
un *fla*. Qu'à cela ne tienne, lui dit le père Lamory,
vous taperez quand même sur vos tambours en vous
démenant beaucoup, mes musiciens souffleront dans
leurs clarinettes comme des aveugles.

Vinet s'en tira à merveille.

Marchand, le cocher sauvage, avait été arrêté et
écroué à la prison de Clichy, pour une dette d'une
singulière nature, on lui réclamait à 35 ans le mon-
tant de ses mois de nourrice.

Né en 1815 de père et mère inconnus, il fut mis
en nourrice à Essonnes par un mystérieux personnage
qui paya une année d'avance ; l'année écoulée, la
pension ne fut pas continuée.

La nourrice qui s'était attachée à lui, l'éleva jusqu'à l'âge de huit ans ; il s'embarqua comme mousse
et revint en France pour satisfaire à la loi du recru-
tement, sa nourrice était tombée dans la misère, il
reconnut la dette contractée par un billet de cinq
cents francs à cinq ans de date, espérant le liquider à
l'expiration de son congé. Très instruit, il ne put malgré cela se faire une situation ; la nourrice, bonne

femme, lui renouvelait son billet aux échéances en y
ajoutant les intérêts, si bien qu'en 1850 il devait une
grosse somme. La nourrice mourut, le billet du pauvre
sauvage tomba entre les mains d'un héritier avide qui
fit poursuivre et finalement in carcérer le pauvre Marchand qui fut relâché peu après.

Ce fut un nommé Pyat (rien de Félix) qui succéda
à Marchand ; ce Pyat habitait une masure à Montmartre ; dans la journée, il fabriquait des pipes en terre
glaise que Vinet allait vendre chez les marchands de
vin.

Après Pyat, la massue du sauvage fut confiée à
Bellery, fils du célèbre comique de ce nom, au *Caveau-des-Aveugles*.

Le dernier sauvage fut un cousin germain de Blon
delet, Blondelet lui-même.

De 1842 à 1850, Valentin dit *l'homme à la poupée*
donna des séances de ventriloquie au *Caveau-des-
Aveugles*. Valentin était originaire de la Belgique,
d'Ypres ; il eut un énorme succès, il vit aujourd'hui,
en 1886, à Lyon, où il donne, malgré son grand âge,
des séances de prestidigitation.

Valentin fut remplacé par un Bordelais nommé
Broudieu, ce fut le dernier ventriloque du Caveau.

Le petit Vinet, l'homme à tout faire de la maison,
était un type, acteur, musicien, compositeur, chansonnier et sauvage à l'occasion !

Une grande quantité d'Anglais fréquentaient le

Caveau-des-Aveugles. Chaque fois que le père Lamory les voyait rassemblés, il faisait jouer le *God save the Queen*, les Anglais se découvraient respectueusement, sensibles à cette attention, et poussaient des hurrahs frénétiques. Ils régalaient les musiciens, les acteurs, le sauvage, les noyaient dans des flots de champagne et plus d'une fois les acteurs trouvaient que les tables qui servaient de scène étaient trop étroites, heureusement que le mur du fond était proche.

Parmi les assidus du Caveau, on rencontrait Laurent le comique, Lebel du cirque, Frédérick Lemaître et enfin Sanson qui avait été surnommé le beau Henry.

Sanson est resté célèbre comme bourreau, mais à cette époque il était célèbre pour une raison différente parmi une catégorie particulière d'habitués du Caveau, il devait cette célébrité à ses erreurs de grammaire...

Le *Caveau-des-Aveugles* disparut en 1867, il resta fermé treize ans, il est aujourd'hui remplacé par le dépôt des bières de Pillsen, la grande salle sert de caves.

. . . .

Il existait des souterrains sous le jardin du Palais-Royal. Ces souterrains furent utilisés par Philippe Egalité ; il y fit construire un bazar fort curieux, vingt et quelques boutiques, des jeux de toutes espèces, un théâtre et un cirque somptueux ; les soirées de cette foire souterraine attiraient une foule immense, toute la noblesse voulut visiter cet Eden.

Le théâtre souterrain du Palais-Royal fut détruit par un incendie qui prit aux décors, pendant une pièce fantastique ; toutes les constructions de la foire furent brûlées, le sauvetage des spectateurs se fit par l'escalier contournant la grande rotonde, par lequel on pénétrait dans les souterrains, exactement à la place du bassin.

En 1786, dit une petite brochure publiée chez Chaumont en 1787, tous les étrangers prenaient rendez-vous au Palais-Royal. On avait un cirque fort élégant et fort original, les loges étaient en treillage, il y avait des tertres, des bosquets, des fleurs et des plantes tropicales à profusion ; il existait un rez-de-chaussée et une galerie ; une élégante terrasse couronnait l'édifice et était arrosée par une multitude de jets d'eau.

La construction était moitié souterraine et très peu élevée au-dessus du sol pour ne pas masquer la vue des fenêtres du palais, dont les appartements communiquaient au cirque par une galerie dont il existe encore des traces ; la profondeur était de 15 pieds 3 pouces, la partie élevée au-dessus du sol avait une hauteur de 9 pieds 8 pouces.

Ce cirque servait à donner des bals, des concerts et des représentations théâtrales.

Le club dit *la Bouche-de-Fer* tenait ses assemblées dans la partie louée par le restaurateur Roze.

Le 25 frimaire an VIII (16 décembre 1799), il fut complètement incendié. Gervais et Desaudrais en étaient alors propriétaires, il furent accusés d'avoir mis le feu, mais ne furent pas poursuivis faute de preuves.

. . . .

Le nom de *Séraphin* est universellement connu ; dès 1787 le *Théâtre des Ombres chinoises* était installé dans les galeries du Palais-Royal au numéro 127 (119, 120 et 121 actuels). On y donnait deux représentations par jour, le prix des places était de .12 et 24 sols.

Un *annonceur* se tenait devant la porte, invariablement coiffé d'une casquette en toile cirée et emprisonné dans un vaste tablier noir garni de deux poches d'une profondeur inouïe dans lesquelles ses mains, quelque temps qu'il fît, étaient toujours enfouies. A côté de lui se tenait Louis dit le *Borgne*, un des meilleurs pitres d'alors. L'*annonceur* invitait le public à entrer, en lui énumérant les principales scènes visibles dans l'intérieur ; quand le public paraissait indifférent, le *Borgne* faisait des grimaces et la foule s'amassait pour écouter ses plaisanteries. Des amateurs venaient de très loin, tout exprès, pour l'entendre.

Le système de *Séraphin* était des plus simples : la

17

scène était entièrement masquée par un tableau en
toile blanche fortement tendue ; derrière étaient pla-
cées plusieurs lampes projetant une vive lumière.
Entre la lumière et le tableau, un homme faisait ma_
nœuvrer des marionnettes en carton; la salle où se
trouvaient les spectateurs était naturellement dans
l'ombre.

Ce spectacle fut fort à la mode ; il y eut un temps
où, dans certaines familles, il était d'usage de faire
exécuter ce genre de récréation dans leurs salons.
Qui ne se souvient d'avoir entendu, dans les quartiers aristocratiques surtout, vers neuf heures du soir,
crier : Lanterne magique, pièces curieuses à voir !
C'était un pauvre diable de Savoyard qui portait son
spectacle sur son dos ; il était généralement accompagné d'un gamin qui tournait la manivelle d'une
serinette.

La pièce qui eut le plus de succès chez *Séraphin*
était intitulée : le *Pont cassé*.

Beaucoup plus tard, un M. Endel voulant faire
revivre ce genre de spectacle il reproduisit le
Pont cassé dans sa naïveté primitive : *Nicolas, Henriette*, un *officier*, un *batelier*, un *cygne* et des *canards*
étaient les principaux personnages.

Henriette était une jeune bergère qui voulait passer
l'eau afin de retrouver son amoureux. Hélas ! le *pont
était cassé ;* pour se consoler, elle émiettait le pain de
son déjeuner aux canards et au cygne. Ennuyée, elle

s'en allait; alors arrivait l'ouvrier Nicolas, un aimable farceur, le loustic du village, que son patron envoyait pour réparer le pont. Nicolas chantait en travaillant :

> Je travaille au pont cassé,
> Tire lire, lire.

Et on le voyait travailler avec ardeur et... une pioche de carton. Arrivait un officier qui voulait passer l'eau ; il interpellait Nicolas : — Eh! mon brave, est-ce qu'on peut passer? Nicolas répondait :

> Les canards l'ont bien passée,
> Tire lire, lire.

L'officier, furieux, lui demandait alors : — L'eau est-elle profonde?

> Les cailloux touchent la terre,
> Tire lire, lire.

Nicolas ne répondait qu'en chantant à son interlocuteur. L'officier, tout à fait impatienté et craignant de manquer son rendez-vous, demandait l'heure à Nicolas ; ce dernier se pliait en deux, lui tournait le dos et lui montrait son centre de gravité :

> Voilà le cadran solaire,
> Tire lire, lire.

L'officier prenait une bonne résolution et... un batelier qui lui faisait gagner l'autre rive, et Nicolas restait avec son cadran en l'air. Ainsi finissait ce drame épouvantable qui amusa plusieurs générations.

Ce spectacle de *Séraphin* était fréquenté par des familles. Quand on voulait obtenir obéissance d'un bébé, on lui disait : Totole ou Nini, tu n'iras pas voir *Séraphin* ; la menace avait plus d'effet que la privation d'une tartine de confiture.

> Il est minuit, léger zéphyr,
> Parcourant le bocage,
> Cherche les roses qu'il chérit,
> Il est minuit !

Le spectacle des *Ombres chinoises* était moral, affirmait-on ; je veux bien le croire, puisque tout s'y passait dans l'ombre, mais les jeunes abbés s'y rendaient trop fréquemment pour partager l'avis des anciens !

Devant Séraphin se promenait quotidiennement le fameux Chodruc-Duclos. Un jour, il fut abordé par une fraîche et blonde fillette à laquelle sa mère venait de remettre une pièce de deux francs en lui disant :

— Va donner cela au monsieur... en noir...

— Celui-là qui n'a pas un beau chapeau et puis des souliers qui pleurent?

— Oui.

— Il n'est pas méchant?

— Allons, va, il a l'air trop malheureux pour l'être.

L'enfant s'en alla ; mais, intimidée par les grands airs de Chodruc-Duclos, une fois en face de lui, elle ne savait comment s'y prendre pour accomplir sa commission ; tout à coup elle eut une inspiration ; elle se baissa en feignant de ramasser quelque chose, puis se relevant, elle fixa ses beaux yeux sur le regard vitreux et triste du pauvre homme et, lui présentant la pièce de deux francs que sa mère lui avait remise, elle lui dit :

— Tiens, monsieur... voilà ce que tu viens de laisser tomber.

Chodruc-Duclos embrassa la gamine et se mit à pleurer ; quand il racontait cette anecdote, il ajoutait :

— Jamais je n'ai éprouvé une pareille émotion.

Séraphin disparut du Palais-Royal vers 1840.

Le *Chat-Noir*, un cabaret célèbre dans le monde fantaisiste, a ressuscité *les ombres chinoises*, mais comme nous sommes loin des naïves pièces du vieux Séraphin !

Dans une ravissante salle, au second étage du *Chat Noir*, Salis, le cabaretier propriétaire de céans, a installé un théâtre minuscule, sur la scène duquel défilent tour à tour les personnages politiques les plus en vue, ils sont d'une ressemblance qui empoigne les spectateurs ; les principales pièces : *L'enterrement d'un*

grand homme, 1808; *La tentation de saint Antoine;*
l'Épopée; La rue, etc., etc., sont des critiques spiri-
tuelles, amusantes et mordantes; rien n'est sacré pour
un sapeur, dit la chanson, encore moins pour Salis.
Dans l'explication des tableaux qu'il fait au public
privilégié, il mélange audacieusement M. Grévy et
Louise Michel, Déroulède et la baronne d'Ange,
Wilson et Sapho, Sarah Bernhardt et Henri Roche-
fort, le cochon de saint Antoine et les anarchistes,
M. Victorien Sardou, le spirituel auteur de *Patrie,*
présente M. Jeoffrin à l'Académie française, c'est une
salade fortement pimentée qui marquera dans l'histoire du règne du général Boulanger; je doute que
Salis soit appelé à exhiber ses *ombres chinoises* au
séminaire Saint-Sulpice.

Cette série de pièces qui ne sont pas écrites, mais
improvisées, varient tous les soirs, cela permet à l'illustre cabaretier de la rue de Laval (qui s'appellera un
jour : rue du *Chat-Noir*), de déployer sa verve en un
langage incohérent et imagé, c'est un feu d'artifice de
coq-à-l'âne qui provoque de francs éclats de rire,
jamais la charge n'a atteint de pareilles hauteurs.

Des artistes de grand talent et d'avenir : Caran
d'Ache, H. Somm, H. Rivière, Steinlen, etc., des-
sinent les types des *ombres chinoises*, c'est dire qu'ils
sont merveilleux de vérité.

Dans les entr'actes, des amis de la maison récitent
ou chantent sans façon des chansons qui nous chan-

gent des inepties des Paulus et autres, M. Meuzy
est inimitable dans la chanson des *Forlifs* et du *Papillon qui passe.*

C'est égal, si Séraphin revenait, il serait joliment
vexé, et Salis qui affirme que ce n'est pas son dernier
mot ! Que nous réserve-t-il ?

. . . .

En 1866, M. Josserand, le Guignol lyonnais, vint à
Paris ; il ouvrit, rue Popincourt, n° 78, à la jonction
des boulevards Richard-Lenoir et du Prince-Eugène,
dans un café aujourd'hui disparu, un théâtre de marionnettes. Il était l'acteur chargé de jouer tous les
rôles et l'auteur de toutes les pièces de son répertoire ; il n'eut pas de succès, Polichinelle n'eut pas le
talent de vaincre l'indifférence du public.

On a souvent dit que Polichinelle descendait en
ligne directe de *Maccus*, personnage grotesque des
Atellanes, natif d'Acerra, sur le territoire Osque,
dont le nom ancien, comme celui du Calabrais *Pulcinella*, son héritier, signifie un poussin, un cochet,
quoique, à vrai dire, les figurines antiques qui nous
ont transmis les traits du *Maccus* de Campanie
annoncent beaucoup moins un cochet qu'un vrai coq
et même un coq d'un âge très mûr.

Voici ce qu'il y a d'admissible dans cette descen-
dance : le *Pulcinella* de Naples, comme son cousin de
Rome, grand garçon aussi droit qu'un autre, bruyant,

alerte, sensuel, au long nez crochu, au demi-masque noir, au bonnet gris et pyramidal, à la camisole blanche, sans fraise, au large pantalon plissé et serré à la ceinture par une cordelière à laquelle pend quelquefois une clochette, *Pulcinella* peut bien, à la rigueur, rappeler le *Mimus Albus* et de très loin le *Maccus*, mais il n'a, sauf son nez en bec et son nom d'oiseau, aucune parenté ni ressemblance avec notre Polichinelle. Pour un trait de ressemblance, on signalerait dix contrastes. Polichinelle, tel que nous l'avons fait et refait, présente au plus haut degré l'humeur et la physionomie gauloises ; sous l'exagération obligée d'une caricature, Polichinelle laisse percer le type populaire de l'officier gascon imitant les allures de son maître dans la salle des gardes du château de Saint-Germain ou du vieux Louvre. Quant à la bosse traditionnelle, Guillaume Bouchet nous apprend qu'elle fut, de temps immémorial, l'apanage des *badin et farces de France*. On appelait, au XIIIe siècle, Adam de la Halle le *Bossu d'Arras*, non pas qu'il fût bossu, mais à cause de sa verve railleuse :

On m'appelle Bochu, mais je ne le suis mie.

Et quant à la seconde bosse, qui brille sous le c in-quant du pourpoint pailleté de Polichinelle, elle rappelle la cuirasse luisante et bombée des gens de

guerre et des ventres à la poulaine, alors à la mode,
et qui imitaient la courbure de la cuirasse. Le chapeau même de Polichinelle (pas le tricorne moderne),
le feutre à fonds retroussés, qu'il portait encore au
XVIIe siècle, était la coiffure du cavalier du temps.
Polichinelle, malgré son nom napolitain, est donc
certainement un type entièrement national et une des
créations les plus spontanées de la fantaisie française.

Aussi, Polichinelle, aimé de tous, devint rapidement Polichinelle-marionnette.

Parmi les nombreuses satires politiques qui inon-
dèrent Paris, une portait ce titre : *Lettre de Polichinelle à Jules Mazarin ;* cette lettre se terminait par
ces trois vers :

> Je suis polichinelle,
> Qui fait la sentinelle,
> A la porte de Nesle.

Jean Brioché, le premier Guignol parisien, était établi arracheur de dents sur le Pont-Neuf, en 1640, il
fit construire un petit théâtre semblable à ceux des
fantoccini italiens, en peu de temps il devint célèbre ;
en 1646, il obtint du lieutenant criminel Daubray la
permission de s'établir à la foire Saint-Germain et de
parcourir les grands boulevards et les grandes places ;
partout il rencontra le succès ; en 1649 il vint se fixer
au Château-Gaillard, on appelait ainsi un petit

17.

pavillon fortifié d'une tourelle, situé sur le quai Conti, vis-à-vis la rue Guénégaud, en face l'écluse de la Monnaie. Quand Brioché eut usé la curiosité des Parisiens, il conçut le projet d'exploiter l'étranger, il alla en Suisse en compagnie d'un nommé Voisin. Les Suisses ne comprirent pas les lazzis de Polichinelle ; effrayés de sa figure étrange, ils arrêtèrent Brioché comme sorcier et le jetèrent en prison, il dut de recouvrer la liberté à un capitaine des gardes françaises.

Brioché revint à Paris et aidé de son fils Fanchon, il rouvrit son théâtre de Château-Gaillard, il mourut peu de temps après. *Fanchon* surpassa son père, c'est lui que Boileau a voulu désigner dans sa septième épître, quand il s'écrie à propos de la Phèdre de Pradon :

Mais pour un tas grossier de frivoles esprits,
Admirateurs zélés de toute œuvre insipide,
Que non loin de la place où *Brioché* préside,
Sans chercher dans les vers ni cadence ni son,
Il s'en aille admirer le savoir du Pradon.

En 1703 les marionnettes jouèrent avec un immense succès une parade intitulée : *Polichinelle demandant une place à l'Académie*, elle était due à la plume de Malézieux, l'un des quarante, qui l'avait écrite à l'instigation du duc de Bourbon auquel on avait fait fermer les portes de l'Académie.

Avant le lever du rideau, Polichinelle chantait le couplet suivant :

> On fait savoir aux curieux,
> De la part de Polichinelle,
> Que l'historien Malézieux
> A fait la pièce nouvelle,
> Et qu'à tous les honnêtes gens,
> Il l'a fait voir à ses dépens.

Ces quatre derniers vers furent ainsi parodiés :

> . . . .
> Que le chancelier Malézieux
> N'a point fait la pièce nouvelle,
> Que le véritable histrion
> Est monsieur le duc de Bourbon.

Le peu que nous savons de l'ancien répertoire des marionnettes est la légende du commissaire et des gendarmes rossés par Polichinelle, pourtant dans la Touraine et dans l'Orléanais, l'air et quelques couplets de la fameuse chanson de Polichinelle : *Je suis le fameux Mignolet, général des Espagnolets*, ont été conservés. Il y a quarante ans cette chanson faisait les délices des auditeurs du Guignol. Une petite marionnette galonnée sur toutes les coutures, quelquefois Polichinelle lui-même, parodiant *Mignolet*, entonnait la chanson suivante, qui était aussi populaire à la fin du xvie siècle que la chanson de

Malborough à la fin du XVIIe; voici trois couplets de cette chanson :

> Je suis le fameux Mignollet,
> Général des Espagnolets.
> Quand je marche, la terre tremble,
> C'est moi qui conduis le soleil.
> Et je ne crois pas qu'en ce monde,
> On puisse trouver mon pareil.

> Les murailles de mes palais
> Sont bâties des os des Anglais,
> Toutes mes salles sont dallées
> De têtes des sergents d'armées,
> Que dans les combats j'ai tués.

> Je veux avant qu'il soit minuit,
> A moi tout seul prendre Paris.
> Par-dessus les tours Notre-Dame,
> La Seine je ferai passer.
> De langues de filles, de femmes,
> Saint-Omer je ferai paver.

Brioché eut un grand nombre d'imitateurs, l'histoire nous a conservé quelques noms qui furent célèbres, 1668 Archambault, Arthur Réron, 1690 Bertrandot, sous l'Empire le célèbre Pierre eut un succès qui dépassa celui de Séraphin ; mais les plus illustres entre tous furent les frères *Maffey* qui firent courir tout Paris à leur petit théâtre du boulevard du

Temple ; de nos jours Lemercier de Neuville obtient un immense succès avec ses *pupazzis* perfectionnés, ses personnages représentent très fidèlement nos principales célébrités.

XV

XV

Le *concert Béranger* au numéro 91 du boulevard Beaumarchais, en face la rue Saint-Sabin, proche de la rue des Arquebusiers, ouvrit en 1852 sous la direction d'un nommé Médor, il fut fermé en 1872.

Ce concert fut une véritable pépinière d'artistes et était le rendez-vous d'un très grand nombre d'auteurs. . La troupe était composée du chef d'orchestre Tissot, du grand Laurent surnommé le *violon du diable*, de William, de Carotin *l'homme à la poupée*, de Letirant qui se fit un succès en chantant le *Vieux sergent du 50ᵐᵉ* et enfin de Mᵐᵉ Mariette Heps; on y jouait l'opérette, le père Jouaut y fit représenter plusieurs pièces.

Parmi les assidus : Paul Henrion, Joseph Kelm, Zamor, le dessinateur chansonnier qui composa beaucoup de chansons en collaboration avec Mme Mathilde Fraiquin entre autres :

Verse-moi, bouteille chérie,
De ce vin qui fait mon bonheur.   ι

C'est à ce concert que se formaient toutes les représentations de charités, pas un événement n'arrivait, pas un sinistre ne se déclarait sans qu'aussitôt tous les artistes ne vinssent au secours des infortunes à soulager.

Gozora le ténor y chantait les romances de Loïsa Puget ; cet artiste, qui eut son heure de célébrité, mourut d'une attaque d'apoplexie sur l'impériale de l'omnibus de Belleville au Louvre.

Gozora était un graveur héraldique de grand talent.

Le père Boulanger, auteur de la *Noce et l'Enterrement*, et Pierre Vavasseur, l'acteur bien connu des Folies-Dramatiques, étaient également des assidus du *Concert Béranger*.

. . . .

Alfred Delvau, dans son *Dictionnaire de la langue verte*, Paris, 1867, chez Dentu, dit : *épaté*, étonné, émerveillé par des actions extravagantes, ou par des paroles pompeuses.

Dans le *Dictionnaire d'argot moderne*, 1881, M. Jean Rigaud dit à propos du mot *épater* : *Epater*, *épale* et leurs dérivés viennent du mot *épenter*, qui signifiait au XVIIIe siècle : *intimider.*

M. Francisque Sarcey a écrit quelque part que ce vocable est de Edmond About ; qu'il était dit par Pradeau, dans la pièce le *Savetier et le Financier*, représentée en 1857, aux Bouffes-Parisiens, le savant écrivain ajoute que huit jours plus tard, tous les Parisiens répétaient ce mot comme une nouveauté et qu'il courait les boulevards.

M. Francisque Sarcey commet une erreur, ce vocable est connu à Paris depuis 47 ans.

Voici son origine :

Au café Saint-Louis, rue Saint-Louis-au-Marais, aujourd'hui rue de Turenne, en 1839 se réunissaient les ouvriers repousseurs et monteurs en plaqué, les ciseleurs sur métaux, les sculpteurs sur bois et les acteurs du théâtre de la Porte Saint-Laurent.

Leur jeu favori était le jeu de billard à la suite d'un *bloc fumant*, comme on disait alors, et d'un formidable *bandez Célestine*, adressé à la *rouge* par le joueur, la bille rouge désobéissante s'engouffra dans la blouse.

La galerie pariait tout en consommant ; un des joueurs intéressés qui suivait la partie avec attention, se leva furieux, mais dans ce brusque mouvement, son verre en tombant sur la table de marbre se trouva décollé ; un musicien, nommé Catelin, dit très tranquillement : ah ! il est *épaté* — le verre n'a plus de patte !

Comme la partie de billard continuait toujours, chaque partenaire qui faisait un beau coup, disait en montrant l'autre : Il est *épaté*, c'est comme le verre ; quand la partie se termina par un coup merveilleux, un des joueurs dit au vainqueur : si nous sommes *épatés* tu es *épatant.*

Catelin ne connaissait certainement pas l'expression employée communément par les ouvriers verriers, qui disent d'un verre sans pied : il est *épaté.*

Qu'il le connût ou non, ce vocable se répandit dans le faubourg Saint-Denis, dans les ateliers du quartier du Temple, puis dans les petits théâtres où à propos de rien on disait : il est *épatant,* on voit qu'il n'appartient en aucune façon à Edmond About. M. Francisque Sarcey a voulu justifier sans doute une fois de plus le proverbe : on ne prête qu'aux riches.

. . . .

Ceux qui passent rue des Buttes-Saint-Chaumont, devant le numéro 9, et dont le regard est attiré par un portique en fonte qui semble l'entrée d'une mosquée, mais qui n'est que l'entrée du dépôt des Petites Voitures, ne se doutent guère qu'à cet endroit, de 1820 à 1862, il existait un établissement horrible, abominable, où s'accomplissaient sous les yeux de

l'autorité, des actes d'une cruauté et d'une barbarie
telle qu'il est impossible d'y croire.

A la place où se trouvent aujourd'hui les écuries,
au milieu d'un terrain vague, s'élevait une construction en planches, ayant la forme d'une rotonde, dans
l'intérieur il existait une piste entourée d'une barrière de bois à hauteur d'appui, un chemin avait été
ménagé et formait un pourtour, les privilégiés y prenaient place. Au premier rang, une galerie circulaire
pour les spectateurs payants.

Cette espèce d'arène était spécialement réservée
aux combats d'animaux de toutes natures, chiens,
ânes, ours, mulets et chats.

Les principaux clients de ce spectacle étaient les
bouchers qui venaient des abattoirs Rochechouart,
Popincourt, du Roule et même de Grenelle.

Au milieu de la piste, il existait un mât en fer,
garni de formidables crocs, ces crocs étaient cachés
par d'énormes morceaux de viande, qui pendaient,
sanglants, laissant tomber leur sang dans la piste;
des chiens bull-dogues étaient dressés à sauter après
le mât pour attraper la viande, quand ils manquaient
leur coup, ils restaient accrochés, et hurlaient d'une
façon épouvantable.

D'autres chiens étaient dressés à se battre entre eux;
de gros paris s'engageaient entre leurs maîtres, et
même entre les spectateurs. Chaque chien tenu en
laisse par son propriétaire était amené dans l'arène,

on les lâchait : alors les pauvres bêtes se précipitaient l'une sur l'autre et s'entre-dévoraient. C'était
effroyable de voir les applaudissements des tenants du
chien vainqueur et les cris de rage des tenants du
chien vaincu. Chacun les excitait : Kiss, vas-y, Turc,
Kiss, Kiss, mange-le, César. Quelquefois l'animal
vainqueur ne valait pas mieux que l'animal vaincu ;
tous deux étaient déchirés, les oreilles arrachées,
leurs chairs pendaient saignantes, les pattes dévorées.
Quand deux chiens étaient dans ce pitoyable état, la
scène changeait de face ; on laissait les animaux ago-
nisants dans l'arène, et les maîtres sortaient pour continuer le combat. Jamais les spectateurs ne se mêlaient de la querelle ; comme pour les chiens, ils
excitaient les maîtres. Mange-lui le nez, dévisse-lui
la trompette. Et tout se terminait par une infinité
de litres bus chez les marchands de vins des environs.

Souvent on faisait battre des chiens avec des ours.
L'ours était muselé, mais de sa patte puissante et de
ses griffes formidables il en éventrait plus d'un ; les
chiens sautaient après lui et le mordaient cruellement.
L'ours hurlait de douleur ; pour se débarrasser de ses
ennemis, il se roulait à terre. Ses rugissements se
mêlaient aux cris de douleur des chiens qu'il écra-
sait ; l'ours restait généralement vainqueur. Mais
dans quel état !

Le combat le plus cocasse était celui des chiens et

des chats. On lâchait en même temps les animaux ; le chat commençait par être effaré, il tournait autour de l'arène, bondissant follement et miaulant à fendre l'âme ; le chien se précipitait pour le saisir. Aussitôt le chat, apercevant le mât, y grimpait rapidement ; le chien essayait de l'atteindre, mais impossible. Le chat, comprenant l'impuissance de son ennemi, s'asseyait tranquillement et se mettait à manger la viande pendue aux crocs. Naturellement, le combat était fini et les spectateurs riaient à se tordre.

Le combat le plus terrible était celui du mulet et de l'âne avec les chiens ; les chiens ne s'y fiaient pas ; ils essayaient de le saisir au cou, mais aussitôt que l'âne en voyait un s'élancer, il lui tournait le derrière et lui détachait une ruade qui l'étendait net sur le sol. Je me souviens avoir assisté à un combat de ce genre. L'âne tua sept chiens, et les survivants le dévorèrent ne laissant que la carcasse.

La barrière du combat était proche ; lorsqu'elle fut démolie en 1862, les combats d'animaux disparurent à la grande joie de la population du quartier, mais aussi au grand désespoir des bouchers et des maquignons dont la férocité se repaissait de ce dégoûtant spectacle.

. . . .

En novembre 1884, pour le prolongement de la rue Étienne-Marcel qui aboutit à la place des Victoires, il fut procédé à la démolition d'un certain nombre de rues, entre autres de la rue *Vide-Gousset*, une des plus anciennes rues de Paris.

C'était une rue qui prenait place des Victoires pour aboutir rue Jean-Jacques-Rousseau. Impossible de rien imaginer de plus sordide ; la rue était si étroite que deux voitures avaient peine à y passer de front ; elle n'avait pas volé son nom, mais ce n'était pas rue Vide-Gousset qu'elle devait s'appeler strictement, mais bien rue *du* Vide-Gousset, parce qu'au temps de la cour des miracles, *vide-gousset* signifiait filou, tire-laine, voleur.

La rue Vide-Gousset était au milieu d'un dédale de rues étroites, les rues Soly, Pagevin, etc. Elle était dangereuse parce qu'elle se coupait avec elles à angle droit, et qu'il était facile aux malfaiteurs de s'embusquer au coin des rues avoisinantes pour détrousser les passants qui s'y aventuraient.

Il arriva à la Maupin, qui au XVIIe siècle chantait à l'Opéra, une aventure assez piquante.

La Maupin était une singulière et originale personne, renommée pour ses prouesses galantes, elle l'était davantage pour ses exploits cavaliers.

Souvent elle se vêtissait en homme et errait par les rues en quête d'aventures.

Un soir, vers minuit, qu'elle traversait la place des Victoires, elle rencontra son camarade Du Moulin qui rentrait chez lui, rue Vide-Gousset, tout en longeant les murailles.

Du Moulin était l'ennemi intime de la Maupin, il ne pouvait digérer ses succès et lui tendait toutes sortes de pièges; il était renommé comme poltron. La Maupin l'ayant reconnu abaissa son chapeau sur ses yeux et fondit sur son camarade, en lui criant :

— Défends-toi; défends ta vie.

Et elle dégaina son épée.

Du Moulin se mit à trembler, chercha à s'enfuir, mais ses jambes lui refusèrent ce service, alors il se jeta aux genoux de la Maupin qu'il prenait pour un voleur.

Écœurée et dégoûtée d'une si grande lâcheté, elle se contenta de lui prendre sa tabatière.

Le lendemain au foyer de l'Opéra, Du Moulin racontait son aventure de la nuit précédente, mais tout autrement qu'elle ne s'était passée, et s'attribuait le beau rôle.

— Oui, disait-il, j'ai mis ce brigand en fuite, il n'a même pas pu me prendre un écu, et s'il ne m'avait imploré je l'eusse tué sur place.

La Maupin, qui entendait ce récit, sortit de sa poche la tabatière de Du Moulin et la lui montra.

— Le voleur de cette nuit, fit-elle simplement, c'était moi.

On imagine la confusion de l'infortuné chanteur pris en flagrant délit de mensonge et de vantardise devant ses camarades.

Le voisinage de la rue Vide-Gousset, de la Banque

18

et de la Bourse servit longtemps de cible pour les petits journaux qui imaginaient chaque jour de nouvelles plaisanteries. C'est rue Vide-Gousset que Robert-Macaire devait établir sa fameuse banque pour l'exploitation des *bitumes bitumineux*. Aujourd'hui les les rues Laffitte et Lepelletier ont avantageusement remplacé l'antique et sordide rue.

. . . .

Que de types et de choses disparues il y aurait encore à noter : *l'Homme aux camélias ; le Diseur de bonne aventure ; Jean de la Vigne ; qu'abat la quille à Mayeux ; du bout du banc la main dessus ; la mère Baptême ; la table d'hôte de Clémence ; Cucu praline ; Croquinolle* dit : *Tiens bon la rampe ; Degruzon* et *le lingot merveilleux ;* etc., etc., ce sera pour un prochain volume, car ces tableaux de la rue sont difficiles à reconstituer, les pauvres diables qui en sont les héros n'ayant pas laissé de traces, ailleurs que dans les souvenirs de gens qu'il faut rechercher dans les bouges et dans les refuges, qui sont leurs invalides.

FIN

EN VENTE A LA MÊME LIBRAIRIE

Envoi FRANCO au reçu du prix en un mandat ou en timbres-poste.

Collection in-18 jésus à 3 fr. 50